张中行

著

負暄瑣話

北 京 出 版 集 团
北京十月文艺出版社

目　录

小引

年轻时候读《论语》，看到《子罕》篇"逝者如斯夫，不舍昼夜"的话，就想起古希腊哲学家赫拉克利特"人不能两次走入同一河流"的名言。那所得的是知识，因为自己年富力强，所以感伤之情还没有机缘闯进来。转眼半个世纪过去了，有时想到"逝者如斯"的意思，知识已成为老生常谈，无可吟味，旋转在心里的常是伤逝之情。华年远去，一事无成，真不免有烟消火灭的怅惘。

可惜的是并没有消灭净尽，还留有记忆。所谓记忆都是零零星星的，既不齐备，又不清晰，只是一些模模胡胡的影子。影子中有可传之人，可感之事，可念之情，总起来成为曾见于昔日的"境"。老了，有时也想到三不朽。可是惭愧，立德，谈何容易；立功，已无投笔从戎的勇气；立言，没有什么值得藏之名山的精思妙意。或者损之又损，随波逐流？可惜连挤满年轻人的园林街市也无力去凑热闹。那么，还食息于人间，怎么消磨长日？左思右想，似乎可做的只有早春晚秋，坐在向阳的篱下，同也坐在篱下的老朽们，或年不老而愿意听听旧事的人们，谈谈记忆中的一些影子。

1

影子的内涵很杂，数量不少，这里抄存的是与上面所说之"境"有关的一点点。选这一点点，是考虑到两方面的条件。一是可感，就是昔日曾经使我感动或至少是感兴趣，今天想到仍然有些怀念的。二是可传，就是让来者知道并不是毫无意义的。逝者如斯，长生、驻景都是幻想，永垂不朽只能存于来者的感知里。遗憾的是存于来者感知里的数量太少了，尤其是不曾腾达之士。《史记·伯夷叔齐列传》末尾有这样的话："岩穴之士，趣舍有时若此，类名堙灭而不称，悲夫！"由太史公到现在，又两千年过去了，"名堙灭而不称"的真是不可数计了。我，笔拙言轻，但希望是奢的，就是很愿意由于篱下的闲谈，有点点的人和事还能存于有些人的感知里。

这样，当作玩笑话说，我这些琐话，虽然是名副其实的琐屑，就主观愿望说却是当作诗和史写的。自然，就读者诸君说就未必是这样，因为时间空间都隔得远，他们会感到，作为诗，味道太薄，作为史，分量太轻。那么，古人云："不有博弈者乎？为之犹贤乎已。"设想有的人有时也许一人枯坐萧斋，求博弈不得，那就以此代替博弈，或者不是毫无用处的吧。

1984 年 4 月

章太炎

提起章太炎先生，我总是先想到他的怪，而不是先想到他的学问。多种怪之中，最突出的是"自知"与"他知"的迥然不同。这种情况也是古已有之，比如明朝的徐文长，提起青藤山人的画，几乎无人不知，无人不爱，可是他自己评论，却是字（书法）第一，诗第二，画第三。这就难免使人生疑。章太炎先生就更甚，说自己最高的是医道，这不只使人生疑，简直使人发笑了。

发笑也许应该算失礼，因为太炎先生生于清同治八年（1869），按行辈是我的"老"老师的老师。老师前面加"老"，需要略加说明：简单说是还有年轻一代，譬如马幼渔、钱玄同、吴检斋等先生都是太炎先生的学生，我上学听讲的时候他们都已五十开外，而也在讲课的俞平伯、魏建功、朱光潜等先生则不过三十多岁。"老"老师之师，我不能及门是自然的，不必说有什么遗憾。不过对于他的为人，我还是有所知的，这都是由文字中来。这文字，有不少是他自己写的，就是收在《章氏丛书》中的那些；也有不少是别人写的，其赫赫者如鲁迅先生所记，琐细者如新闻记者所写。总的印象是：学问方面，深，奇；为人方面，正，强（读绛）。学问精深，为人有正气，这是大醇。治学好奇，少数地方有意钻牛角尖，如著文好用奇僻字，回避甲骨文之类；脾气强，有时近于迂，搞政治有时就难免轻信：这是小疵。

一眚难掩大德，舍末逐本，对于太炎先生，我当然是很钦佩的。上天不负苦心人，是1932年吧，他来北京，曾在北京大学研究所国学门讲《广论语骈枝》（清刘台拱曾著《论语骈枝》），不记得为什么，我没有去听。据说那是过于专门的，有如阳春白雪，和者自然不能多。幸而终于要唱一次下里巴人，公开讲演。地点是北河沿北京大学第三院风雨操场，就是“五四”时期因禁学生的那个地方。我去听，因为是讲世事，谈己见，可以容几百人的会场，坐满了，不能捷足先登的只好站在窗外。老人满头白发，穿绸长衫，由弟子马幼渔、钱玄同、吴检斋等五六个人围绕着登上讲台。太炎先生个子不高，双目有神，向下望一望就讲起来。满口浙江余杭的家乡话。估计大多数人听不懂，由刘半农任翻译；常引经据典，由钱玄同用粉笔写在背后的黑板上。说话不改老脾气，诙谐而兼怒骂。现在只记得最后一句是：“也应该注意防范，不要赶走了秦桧，迎来石敬瑭啊！”其时是“九一八”以后不久，大局步步退让的时候。话虽然以诙谐出之，意思却是沉痛的，所以听者都带着愤慨的心情目送老人走出去。

此后没有几年，太炎先生逝世了（1936年）。他没有看见“七七”事变，更没有看见强敌的失败，应该说是怀着愤激和忧虑离开人间了。转眼将近半个世纪过去，有一天我去魏建功先生书房，看见书桌对面挂一张字条，笔画苍劲，笔笔入纸，功力之深近于宋朝李西台（建中），只是倔强而不流利。看下款，章炳麟，原来是太炎先生所写，真可谓字如其人了。不久，不幸魏先生也因为小病想根除，手术后恶化，突然作古，我再看太炎先生手迹的机缘也不再有了。

黄晦闻

1935年初，我还没离开北京大学的时候，忽然听说黄晦闻先生去世了，依旧法算才六十四岁，超过花甲一点点。当时觉得很遗憾，原因是他看来一直很康强，身体魁梧，精神充沛，忽而作古，难免有老成容易凋谢的悲伤。还有个较小的原因，黄先生在学校以善书名，本系同学差不多都求他写点什么，作为纪念。他态度严正，对学生却和气，总是有求必应。本来早想也求他写点什么，因为觉得早点晚点没关系，还没说，不想这一拖延就错过机会，所谓"交臂失之"了。

黄先生名节，字晦闻，是北京大学中国语言文学系的老教授。他早年在南方活动，有不少可传的事迹，如与章太炎等创立国学保存会，印反清或发扬民族正气的罕见著作，参加南社，用诗歌鼓吹革命，与孙中山先生合作，任广东省教育厅长，等等。他旧学很精，在北京大学任课，主要讲诗，编有多种讲义，如《诗旨纂辞》《变雅》《汉魏乐府风笺》《曹子建诗注》《阮步兵诗注》《谢康乐诗注》等，都可以算是名山之作。诗写得很好，时时寓有感时伤世之痛，所以张尔田（孟劬）把他比作元遗山和顾亭林。

黄先生的课，我听过两年，先是讲顾亭林诗，后是讲《诗经》。他虽然比较年高，却总是站得笔直地讲。讲顾亭林诗是刚刚"九一八"之后，他常常是讲完字面意思之后，用一些话阐明顾亭林的感愤和用心，也就是亡国之痛和忧民之心。清楚记得的是讲《海上》四首七律的第二首，其中第二联"名王白马江东去，故国降幡海上来"，他一面念一面慨叹，仿佛要陪着顾亭林也痛哭流涕。我们自然都领会，他口中是说明朝，心中是想现在，所以都为他的悲愤而深深感动。这中间还出现一次小误会，是有一次，上课不久，黄先生正说得很感慨的时候，有个同学站起来，走出去了。黄先生立刻停住，不说话了。同学们都望着他，他面色沉郁，像是想什么。沉默了一会，他说，同学会这样，使他很痛心。接着问同学："你们知道我为什么讲顾亭林诗吗？"没人答话。他接着说，是看到国家危在旦夕，借讲顾亭林，激发同学们的忧国忧民之心，"不想竟有人不理解！"他大概还想往下说，一个同学站起来说："黄先生，您误会了。那个同学是患痢疾，本来应该休息，因为不愿意耽误您的课，挣扎着来了。"说到这里，黄先生像是很感伤，我亲眼看见他眼有些湿润，点点头，又讲下去。

　　就这样，他满怀悲愤，没看到卢沟桥事变之后的情况，也没看到敌人投降，下世了。听说家里人不少，多不能自立，于是卖遗物。据马叙伦先生说，单是存砚有二十六方，都卖了。其他东西可想而知。记得是30年代末，旧历正月厂甸的文物摊上，有人看到黄先生的图章两方，一方是"蒹葭楼"，另一方是什么文字忘记了，索价五元，他没买。我觉得可惜，但没有碰到，也只能任之了。有时翻翻书橱中的旧物，几本讲义还在；又国学保存会刊行的《国粹丛书》数种，看第一种，戴东原（震）著的《原善》上下两卷，出版时间是光绪三十一年（1905），其时黄先生才三十四岁。这些书都与黄先生有关，只是上面没有他的手迹，虽然慰情聊胜无，总不免有些遗憾。

是40年代后期，有个朋友张君处理存书，说有一种，是北京大学老教授的藏书，问我要不要。我问是哪位先生的，他说是黄晦闻的。我非常高兴，赶紧取来。是覆南宋汤汉注本《陶靖节先生诗集》，四卷，线装二册，刻印很精。翻开看，封内衬页上居然有黄先生的题辞，计两则。第一则是：

> 安化陶文毅集诸家注靖节诗，云汤文清注本不可得，仅散见于李何二本，后得见吴骞拜经楼重雕汤注宋椠本，有李何二本所未备者，因并采之云。此本予于庚申（案为1920年）四月得之厂肆，盖即吴氏重刊宋椠本。书中于乾隆以前庙讳字多所改易，而莫氏《郘亭书目》，云有阮氏影宋进呈本，未知视此本何如也。黄节记。（原无标点，下同。下钤长方朱文印，文为"黄节读书之记"。）

翻到后面有第二则，是：

近得吴氏拜经楼刊本，后附有吴正传诗话、黄晋卿笔记，字画结体与此本不同，而行数字数则全依此本。意者此或即阮氏影宋进呈本欤？庚申十二月十八日。（下钤朱文小方印，文为"蒹葭楼"。）

字为楷体，刚劲工整，可谓书如其人，想保存一点先师手泽的愿望总算实现了。

说也凑巧，此后不久，游小市，在地摊上看到黄先生写的赠友人的条幅，装裱齐整，因为不是成铁翁刘，没有人要，只用一角钱就买回来。写的是自作七言绝句，题为《官廨梅花》，推测是在广东时所作。字为行楷，笔姿瘦劲飘洒，学米，只是显得单薄，或者是天资所限。马叙伦先生著《石屋馀渖》，"米海岳论书法"条说米自己说，得笔要"骨、筋、皮、肉、脂、泽、风、神"俱全，"黄晦闻书"条说黄先生仅得"骨、筋、风、神"四面，也就是还缺少"皮、肉、脂、泽"四面，我想这是当行人语，很对。且说这件字条，十年动乱中幸而未失。有一天，大学同班李君来，说黄先生给他写的一件却没有闯过这个难关，言下有惋惜之意。我只好举以赠之，因为我还有陶集并题辞，即古人"与朋友共"之义也。

马
幼
渔

马幼渔先生名裕藻，是我的双重老师。30年代初我考入北京大学，选定念中国语言文学系，他是系主任，依旧说，我应该以门生礼谒见。上学时期听过他一年课，讲的是文字学中的音韵部分。马先生虽然是宁波人，风范却没有一点精干善于拨算盘珠的样子。口才也不见佳，因而讲课的效果是平庸沉闷，甚至使人思睡，专就这一点说，颇像我的中学老师兼训育主任陈朽木先生。总之是，因为看不出他在学术以及行事方面有什么突出之点，同学们对他总是毫无惧意，甚至缺乏敬意。他早年在日本，也是听过章太炎先生讲学的，因而以太炎先生为引线，关于马先生就有个颇为不好听的评语，是某某人得其（代太炎先生）什么，某某人得其什么，马先生列在最后，是得其胡涂。

说胡涂，是近于开玩笑，难免过分；在一般人的心目中，马先生不过是好好先生而已。好好先生有可取和不可取的两面，可取的是不伤人，不可取的是不办事。不办事而能多年充当系主任，这或者正是北京大学容忍精神的一种表现吧？不过无论如何，他总是系主任，依照帅比将高的惯例，他就不能不出名。出名还有另外的原因，都是来自家门的。其一是有几个弟弟，其中两位在学术界相当有名：一位是马叔平（衡），金石学家，写过《石鼓文为秦刻石考》，受到门内汉的赞许，后来出任故宫博物院院长；一位是马隅卿（廉），有大成就的小说学家。其二是有一位贤内助。怎么个贤法，家门之外的人自然不得详知，但马先生有时似乎愿意泄露一点消息，于是曾因此而受到女学生的嘲弄。其三，就是这位贤内助生了个赫赫有名的女儿，名马珏，考入北京大学政治系，我在校时期，全校学生公推为校花。校花，闺门待字，其在男学生群里的地位、印象以及白日之梦等等可不言而喻，这且不管；马先生却因此而受到株连，这也不是什么过大的伤害，只是间或，当然是背地里，戏呼为老丈人。

这好好先生的印象又不只是在学生群里。大概是1933年暑期吧，整顿之风吹来，触及中文系（当时简称国文系）的也颇有一些，其大者是胡适之以文学院院长的显位兼任中文系主任，稍次是去教师之不称职者，开刀祭旗的人物是林公铎。马先生退为只算教授了，后来像是也不再讲什么课，总之是名存实亡了。

在校时期，多数人心目中的马先生不过如此，这印象即使够不上大错，也总是模胡。是30年代末，北京沦陷了，马先生因为年近花甲，没有随着学校往昆明。他原来住在景山西街（旧名西板桥），也许为了隐姓埋名，迁到王府井大街大阮府胡同，与刘半农先生（已故）的夫人住前后院（马前刘后）。其时我和同系同学李君也住在北

11

京，寂寞，很怀念旧日的师友，而师友星散，所以有时就到马先生那里坐坐。我们发现，马先生也很寂寞，更怀念红楼中的相识，于是渐渐，我们就把到马先生那里去当作后辈的义务。

这样，日久天长，我们才明白，在校时期对马先生的认识其实并不对。他通达，识大体，以忠恕之道待人，并非庸庸碌碌。旧日有些印象像是沾点边，也是似是而非，比如好好先生，这是我们把他的宽厚看作无原则的迁就。其实，他律己很严，对人的迁就也仅限于礼让。在这方面，可记的事情颇不少，随便举一些。还是任系主任时候，他家的某一个年轻人报考北京大学，有一次，不知是有意还是无意，在马先生面前自言自语地说："不知道今年国文会出哪类题。"马先生大怒，骂道："你是混蛋！想叫我告诉你考题吗？"又，有一次，同学李君请马先生写些字，留作纪念。马先生沉吟了一会，不好意思地说："真对不起，现在国土沦陷，我忍辱偷生，绝不能写什么。将来国土光复，我一定报答你，叫我写什么我写什么，叫我写多少我写多少。"马先生可谓言行一致。北京大学迁走了，他借贤内助善于理财之助，据说生活没有困难，于是闭门读书，几年中不仅不入朝市，而且是永远不出大门。

他爱国，有时爱到近于有宗教的感情。他相信中国最终一定胜利，而且时间不会很久。我们每次去，他见面第一句话总是问："听到什么好消息吗？"为了安慰老人，我们总是把消息挑选一下，用现在流行的话说是报喜不报忧。——我们确是有个忧，是马先生有个羊角风的病根，几年反复一次，而且，据说一次比一次重，不久之后会不会有意外呢？大概耐到1944年的年尾或下年年初，我们有些日子没去，忽然传来消息，马先生得病，很快作古了。人死如灯灭，早晚难免这一关，所谓达人知命，也就罢了。遗憾的是，他朝夕盼望胜利之来，七年多过去了，终于没有看到就下世了。他不能瞑目是可以想见的，真的胜利了，"家祭无忘告乃翁"，他还能听见吗？

马一浮

我同马一浮先生只见过一面，不能深知，严格说没有资格谈他。可是想到另一种情况：马先生生于清光绪八年（1882），比鲁迅先生小一岁，他们都是绍兴人，并且一同应过县试，马先生名列案首（榜上第一），鲁迅先生屈居二百几十名；后来两人走了不同的路，鲁迅先生是"其命维新"，马先生是"仍旧贯"，因而声名就大异，鲁迅先生是家喻户晓，马先生则名限于亲友弟子间，并将渐渐为人遗忘。马先生也是一代学者，就说限于旧学吧，许多方面造诣都相当高，而且一生洁身自好，为人亦多有可取。像这样一位先辈，名不为人所知也未免可惜，所以决定提起笔，记下自己所知的一点点。

马先生名浮，字一浮，别署蠲戏老人，蠲叟。精旧学，尤其是子部。也许因为在这方面钻得太深了，生活兴趣就不知不觉地趋向诗书而远于现实。正如马叙伦先生在所著《石屋馀渖》"马君武"条所说："……转眼三十余年，一浮避兵入川……一浮长余二岁，彼时朱颜绿鬓，各自负以天下为任。乃一浮寻即自匿陋巷，日与古人为伍，不屑于世务。"所谓与古人为伍是走孙夏峰、颜习斋那条路。闭门格物、致知，正心、诚意，开门有教无类，诲人不倦。推想入川之后，过的更是这种生活。听熊十力先生和林宰平先生说，对于宋明理学、佛学，尤其禅宗，马先生在同行辈的学者中，造诣都是首屈一指。可惜我孤陋寡闻，竟不知道他在这方面有什么著作。

得见的一点点反而是诗词方面的作品。是50年代初期，看到上海某古旧书店的书目，上面有马先生所著《蠲戏斋诗集》，定价四元，赶紧写信买来。木版六册，是他居四川时，弟子张立民和杨荫林整理编辑的。内容是：第一册，《蠲戏斋诗前集》上下二卷，收入川以前弟子抄存的一些诗；第二册，《避寇集》一卷，收由浙江入川时诗，附《芳杜词剩》一卷，收入川之前的词三十多首；第三册至第六册，《蠲戏斋诗编年集》，收辛巳至甲申（1941—1944）共四年的诗。最后编年集是重点，都是六十岁前后所作。诗集有自序，是癸未年（1943）年底所作，刻在第四册之前，说明自己作诗的主张是行古之诗教而惩汉魏以后之失，就是说，不是吟风弄月，而是有益政教。并解释老年多作的原因是："余弱岁治经，获少窥六义之指，壮更世变，颇涉玄言，其于篇什，未数数然也。老而播越，亲见乱离，无遗身之智，有同民之患。于是触缘遇境，稍稍有作，哀民之困，以写我忧。"可见内容是走杜工部和白香山一条路。

我大致读了一遍，印象相当深，可以分作几项说。其一，突出的印象是诗才高。这可以举两事为证：一是笔下神速。以癸未下半年为例，中国页四十九页，一页收诗以七八首计，总数近四百首，一天平均两首半，其中有些古体篇幅相当长，这速度在古人也是少见的。二是语句精炼，比如五律，首联可对偶而通常是不对偶，马先生不然，而是经常对偶，并且对得工整而自然。其二是学富，诸子百家、三教九流，信笔入诗，所以显得辞雅而意深厚。其三，确是言行一致，很少写个人的哀愁，而是多少有关政教。总的印象是，与同行辈也写旧诗的人，如沈尹默、陈寅恪、林宰平诸位相比，马先生像是更当行，更近于古人，这在梁任公"新民丛报体"已经流行之后是不容易的。勉强吹毛求小疵，是纳兰成德在《渌水亭杂识》中评论苏东坡的话："诗伤学，词伤才。"马先生正是"学"过多，因而气味像是板着面孔说理，而不是含着眼泪言情，换句话说，是缺少《古诗十九首》那样的朴味和痴味。

马先生还是著名的书法家，行楷笔画苍劲，有金石气。50年代前期，熊十力先生由北京移住上海，行前收拾杂物，我在旁边，有马先生不久前写给他的一封信，问我要不要，我欣然留下。信相当长，字精，文雅，内容尤其可贵，末尾对于有些过急的措施，含蓄地表示悲天悯人的忧虑。其时我还没见过马先生，但由这封信约略可以窥见前辈的高风，所以就当作珍品保存起来。

50年代后期，马先生受特邀充任政协委员，到北京来开会。邓念观老先生来，说马先生住在北京饭店，约我一同去看他。我们去了。其时马先生已是接近八十岁的人，可是精神很好，总是立着谈话。他个子不高，长得丰满，因而头显得大些。座上客很多，他虽然健谈，也有应接不暇的情势。客还是不断地来，我们只好告辞。此后他就没有再来北京，连他的消息也不再听到，推想不是过于衰老就是作古了。

最后说说马先生的手迹，存了十年以上，"文化大革命"的暴风雨来了，我想到上面有可以指控为"右"为"反"的话，为了马先生的安宁，赶紧拿出来烧了。这是我的一点点善意，可惜没有机会告诉马先生了。

邓之诚

我上学时期，学生界有个流传的韵语："北大老，师大穷，清华燕京可通融。"这个半玩笑话有言外之意，是，如果有条件，最好上燕京大学。因为那里阔气，洋气，可以充分容纳年轻人的骄矜和梦想。所谓条件，主要是金钱，因为花费多，出身于寒家的上不起。其次是体貌不能很差，因为差得不够格，就会与阔气、洋气不协调。也许还有再其次，可以不管。且说我自己，自知条件不行，所以宁可取北大之老。走了这条路，正如走其他什么路一样，有所得，也有所失。所失之一是竟没有见到邓之诚先生，因为邓先生是燕京大学教授，而没有到北大兼过课。

不过对于邓先生，虽然只是由于"闻"，我还是有所知的。他字文如，南京人，著作主要是《中华二千年史》、《骨董琐记》、《清诗纪事初编》和《桑园读书记》。由读他的著作而得的印象，用旧话说是"博雅"。我尤其喜欢读他的《骨董琐记》，随便翻翻就会感到，他读书多，五方四部，三教九流，由正经正史以至杂记小说，几乎无所不读。所读多的结果自然是知识渊博，纵贯古今，由军政大事以至里巷琐闻，也几乎是无所不知。更可贵的是有见识，记录旧闻能够严去取，精剪裁，即使照抄也能使读者领会褒贬，分辨得失。还有行文方面，虽然看似末节，也应该说一说，是用文言，确是地道的文言。"五四"前后，有些人用文言写，或者由于受早期的梁启超"新民丛报体"的影响，或者由于受晚期的白话文的影响，或者由于想用文言而底子不厚，结果写出来是既像文言又不像文言。既像又不像，给人的印象是不协调，就说是老框框吧，总之是缺少雅驯气。邓先生就不然，即以《骨董琐记》而论，专就文字说，放在明清名家的笔记里，说是当时人所作，也不会有人怀疑。

博雅的印象，还有不是来自他的著作的。手头有吴恩裕《有关曹雪芹八种》(后扩大为十种)，抄其中的两处为证。一处见第五十四页：

《鹪鹩庵笔尘》手稿十三则原为邓之诚先生所藏。1954年夏，邓先生把它送给我了。影印本《四松堂集》卷末所附的《鹪鹩庵笔尘》就是借我的原稿影印的。

另一处见第一百页：

《浮生六记》作者沈三白复生于乾隆二十八年，卒年当在嘉庆十二年之后。作者生平，迄今不可详考，惟知其乾隆五十七年（复年三十岁）与其妻芸居于扬州鲁璋之萧爽楼，以书画绣绩为生。又于嘉庆二年至四年（复年三十五岁至三十七岁），赋闲家居，与程墨安设书画铺于其家门之侧（即苏州沧浪亭畔）。然其所鬻之书画未闻流传。1936年8月邓文如之诚先生告余，彼于某次南旋时，于吴县冷摊，以二饼金购得一帧。是年8月末，余将远之英伦，仓卒竟未往观。1954年，访文如先生于其海淀寓舍，知此画已贻高名凯君，然允为索回一阅。后由高君许，知又转存他友处，竟不获一观。

《鹪鹩庵笔尘》是曹雪芹好友敦诚的手迹，是有关红学的珍贵材料，《浮生六记》作者沈复的画，也是世间所仅见，邓先生本诸宝剑赠与烈士之义，都慷慨举以赠人，可见为人的宽厚与博大了。

大概是1960年左右，听说邓先生作古了。他富于收藏，推想还有未刊著作，会怎么样妥善处理呢？因为没有积极探询，终于不知道下文。记得是60年代前期，有一天我路过西单商场，顺便到文物店看看，店员拿出几方新收的砚，其中一方竟是邓先生的，虽然价不低，因为怀念邓先生，也就买了。砚淡墨色，非端石，高市尺五寸余，宽将及四寸，厚一寸，池作簸箕形，背平。两侧有隶书铭，右侧是：

山之精，石之髓。朝夕相从，惟吾与汝。

左侧是：

庚戌（案为乾隆五十五年，1790年）秋闱后得于琉璃
厂肆。莹润若璧，真佳物也。子受谭光祜记。

谭光祜是乾隆年间高官谭尚忠的儿子，江西南丰人，字子受，一
字铁箫。有才，能诗能文，精书法，善骑射，还作过红楼梦曲，并且
上演过（见吴云《红楼梦传奇序》）。他生于乾隆三十七年（1772），
写砚铭时十九岁。砚背有行书铭，是：

微雨乍凉，偕香圃过子受寓，共饮，醉后索书册页数十
幅。兴犹未尽，见文具中有雨过天青石砚，因洒馀渖戏题
之。子受其能以此为润笔否？乙卯（案为乾隆六十年，1795
年）秋七月，船山醉笔。

船山是写《船山诗草》并"揭发"《红楼梦》后四十回为其妹婿
高兰墅所补的大名人张问陶。他生于乾隆二十九年（1764），写砚铭
时三十二岁。香圃是张问陶的朋友王麟生，《船山诗草》曾经提到他。

以上的铭辞和人物会引起一些遐想。之一是：谭光祜和张问陶是

好友，并且写过红楼梦曲，他会不会同高兰墅有关系？之二是，据吴锡麒《南归记》说，嘉庆二年（1797）张问陶因丧父离京，行前曾以砚赠别，砚铭是自作自刻的。这醉笔的砚铭，书法和刻工都很精，会不会是张问陶自刻的？可惜难于考实了。

铭的最后一则刻在砚盒上，是：

张船山雨过天青研（篆书大字；以下行草小字）

先外舅庄云生先生得此砚于蜀中，随内子宛如夫人来归，已二十有一年矣。己巳八月，文如题于旧京五石斋。

可知砚是陪嫁物，己巳为民国十八年（1929），它是光绪三十四年（1908）邓先生结婚时随着新娘过来的。可叹的是，邓先生下世不久，也随着其他遗物流落到市场上了。

60年代末，因为不得安居，仓卒把起卧之地移到西郊北京大学女儿家。这是燕京大学旧地，出小东门，东西一条街是成府的蒋家胡同。久住成府的人告诉我，街北偏东有两所大宅院，邓之诚先生多年住在靠东的一所。我有时从那里过，总要向里望望。院子很大，古槐阴森，坐北一排房陈旧而安静，推想那就是写《骨董琐记》的处所。十几年过去了，还有什么痕迹吗？

林宰平

林宰平先生名志钧，福建闽侯人，生于清光绪五年（1879），比鲁迅先生还大两岁，单就年岁说也是老前辈。就交游说，这老前辈的征象更为明显，比如王闿运、林琴南、陈三立、樊增祥、梁启超、姚茫父、余绍宋等清末民初的知名之士，他都熟悉，诗酒盘桓，散见他的诗作《北云集》里。我上北京大学时期，他在学校的哲学系兼过课，可是不知为什么，竟没有见过他一面。对他的一些零碎印象是由文字中来，那是离开北京大学之后的事。其时我被什么风一吹，愿意吸收些西方的知识，于是找译本读，其中有些是"尚志学会"编的，尚志学会会址在和平门内化石桥，听说主持人就是林宰平先生。看这丛书的选题，知道倡议者确是"尚志"之士，其意在以新知唤起东方的睡狮，正是可敬可感。也是在这个时期，我还不废杂览，碰巧有几种书，现在印象还深的是陈宗藩的《燕都丛考》，余绍宋的《书画书录解题》，梁启雄的《稼轩词疏证》，序都是林先生作的。我读过之后，对他知识的广博，见解的精深，态度的谨严，深深感到惊讶。因为先入为主之见，他是致力于西学的，不料对于中国旧学竟这样精通。这所谓精，所谓通，单是由文字也可以看出来，就是说，那是地道的文言，简练而典雅，不像有些人，新旧不能界限分明，用文言写，难免掺入不见于文言的成分，使人念起来感到味道不对。再其后，我认识人渐多，才知道林先生不只饱学，而且是多才多艺。他通晓中国旧学的各个方面，诗文书画，尤其哲学，造诣都很深。他不轻易写作，但是由他传世的星星点点的作品看，比如《稼轩词疏证序》，就会知道他不只精通词学，而且精通中国文学和中国学术思想。关于书画，他不只通晓理论，坐而能言，而且起而能行，能写能画；尤其书法，行书刚劲清丽，颇像清代大家姚惜抱，章草变觚棱为浑厚，功力也很深。

更难得的是他的为人。《论语》里孔子说："文莫（黾勉）吾犹人也；躬行君子，则吾未之有得。"这话或者含有几分谦逊，但也可证，躬行比饱学更难。林先生是既能黾勉，又能躬行。这个印象，我同他交往之后就更加明显。但是想用文字确切形容却也不易。林先生1960年逝世，其后三四年辑印了他的遗著，名《北云集》，线装两册，一册是诗集，一册是文集。文集后有沈从文的跋，这里无妨借用几句："宰平先生逝世已三周年，他的温和亲切的声音笑貌，在熟人友好印象中，总不消失。……他做学问极谨严、认真、踏实、虚心，涵容广大而能由博返约。处世为人则正直、明朗、谦和、俭朴、淳厚、热情。"这说得都很对。我的印象，最突出的是温和。我认识的许多饱学前辈，为人正直、治学谨严的不少，像林先生那样温和的却不多见。不要说对长者和同辈，就是接待后学，也总是深藏若虚，春风化雨。我想这就是他的声音笑貌所以总不消失的原因。

我有幸认识林先生，开始于1947年。其时他住在和平门内，我去谒见，是为我编的佛学月刊征稿。林先生不习惯写零零碎碎的应酬文章，但他客气，唯恐拂人之意，于是不久就写了一篇，这就是发表在第四期的《记太虚法师谈唯识》。此后，因为愿意亲近林先生的温和，听林先生的广博见闻，我隔个时期就去一次，表示问安。林先生总是热情接待。他的原配梁夫人早已去世，一起住的继配沈夫人是我的同事姚韵漪女士在松江时的老师，体质清瘦，神经衰弱，对于佛学也很关心，1948年还为奄奄待毙的月刊捐了一些钱。

1948年春天，听说林先生夫妇要回南，我去看他。也许一两天后就要起程吧。他正忙着收拾东西，书案上堆满杂物。想到人事沧桑，何时再见难以预知，我还是提出不情之请，希望他写点什么，留作纪念。他慨然答应，用信笺写了一首杜诗："梁楚连天阔，江湖接海浮。故人相忆夜，风雨定何如？"下署"林志钧倚装作"。这时期，他的心情是愁苦的，《北云集》1948年部分有一首诗，题目是"重到北京今又将去此矣晨起花下得句"，诗是："三见李花开，频呼堕梦回。今春更惆怅，南去几时来？"可见他也是难遣惜别之情的。

出乎意外，两年多之后，1950年的晚秋，林先生又移居北京，住在东单以北。我当然继续旧例，隔一段时间就去问安。时间长了，对于他的学识精深，律己谨严，待人谦和，我体会得更深。他很少谈学问，我推想这是唯恐后学望而生畏；偶尔谈及，总是记人之所不能记，见人之所不能见。关于律己谨严，我还记得有一次，他提到高名凯请他题一个字卷的事，他说："字说是白香山写的，当然是伪品，我不能题。我做什么事都要负责。"待人谦和的事例太多了，只举我深受感动的两件。有一次，我去看他，只他一个人在堂屋，谈一会话，我辞出，他恭谨地向我表示歉意，说他的夫人有病卧床，未能出来接待，希望我能够原谅。另一次是我请他写一些章草，希望字多一些，他那时候很忙，可是写了很长的横幅送给我。

大概是1959年秋天，我去看他。其时他已是八十岁以上，可是面白而略显红润，无须，身体挺直，很像六十岁上下的半老书生。我心里想，像他这样，一定会活到百岁吧？问他的养生之道，他说没有什么，不过是任其自然。此后因为内则饱食为难，外则冗务很多，有半年以上没有去看他，一天，忽然得到他作古的消息，我感到愕然。悲伤之际，不禁想到《越缦堂日记》悼念陈德夫的话："天留德夫，以厉薄俗，亦岂不佳？而夭折恐后，固何心耶？"薄厚对比，林先生的未得上寿就更值得惋惜了。

熊十力

熊十力先生是我的老师，现在要谈他，真真感到一言难尽。这一言难尽包括两种意思：一是事情多，难于说尽；二是心情杂乱，难于说清楚。还是50年代，他由北京移住上海。其后政协开会，他两度到北京来，先一次住在崇文门新侨饭店，后一次住在西单民族饭店。这后一次，正是大家都苦于填不满肚皮的时候，他留我在饭店饱餐一顿，所以至今记忆犹新。别后，我写过问候的信，也听到过一点点他的消息。大动乱来了，我在文斗武斗中浮沉三年，然后到朱元璋的龙兴之地去接受改造。喘息之暇，也曾想到年过八旬的老人，——自然只能想想。放还之后，70年代中期曾到南京及苏杭等地漫游，想到上海看看而终于没有敢去，主要是怕登门拜谒而告知的是早已作古。再稍后，忘记听谁说，确是作古了，时间大概是60年代末期。想到民族饭店的最后一面，想到十几年，我挣扎喘息而竟没有写三言两语去问候，真是既悔恨又惭愧。

我最初见到熊先生是30年代初期，他在北京大学讲佛学，课程的名字是"新唯识论"吧，选这门课的人很少。我去旁听几次，觉得莫测高深，后来就不去了。交往多是40年代后期，他由昆明回来，住在北京大学红楼后面，我正编一种佛学期刊，请他写文章，他写了连载的《读智论抄》。解放以后，他仍在北京大学，可是不再任课，原因之小者是年老，大者，我想正如他自己所说，他还是唯心论。其时他住在后海东端银锭桥南一个小院落里，是政府照顾，房子虽不很多，却整齐洁净。只他一个人住，陪伴他的是个四川的中年人，无业而有志于佛学，因为尊敬老师，就兼做家务劳动。我的住所在后海北岸，离银锭桥很近，所以晚饭后就常常到熊先生那里去，因而关于熊先生，所知就渐渐多起来。

早年的事当然不便多问，但听说革过命，后来不知由于什么，竟反班定远之道而行，投戎从笔，到南京欧阳竟无大师那里学佛学。治学，也像他的为人一样，坚于信而笃于行，于是写了《新唯识论》。"唯识"前加个"新"字，自己取义是精益求精；可是由信士看来却是修正主义，用佛门的话说是"外道"。于是有人作《破新唯识论》而攻之。熊先生不是示弱人物，于是作《破破新唯识论》而答之。混战的情况可以不管，且说熊先生的佛学著作，我见到的还有《佛家名相通释》，我原来有，大动乱中也失落了。他这一阶段的学识，信士看是不纯。后来，50年代前后就变本加厉，张口真如，闭口大易，成为儒释合一，写了《原儒》《明心篇》《体用论》等书。我没有听到信士的评论，也许视为不可救药，与之"不共住"了吧？严厉的评论是来自另一方面，即"批林批孔"时期，见诸文件，说他是吹捧孔老二的人。没有上海的消息，也不便探询，我只祝祷他借庄子"佚我以老"的名言而不至引来过多的麻烦。

尊重熊先生不妄语的训诫，对于老师的学识，我不得不说几句心里话。熊先生的治学态度、成就，我都很钦佩。至于结论，恕我不能不怀疑。这问题很复杂，不能细说，也不必细说。我是比熊先生的外道更加外道的人，总是相信西"儒"罗素的想法，现时代搞哲学，应该以科学为基础，用科学方法。我有时想，20世纪以来，"相对论"通行了，有些人在用大镜子观察河外星空，有些人在用小镜子寻找基本粒子，还有些人在用什么方法钻研生命，如果我们还是纠缠体用的关系，心性的底里，这还有什么意义吗？——应该就此打住，不然，恐怕真要对老师不敬了。

还是撇开这玄虚干燥的玩意儿，专说熊先生的为人。记得熊先生在《十力语要》里说过，哲学，东方重在躬行。这看法，专就"知"说，很精。熊先生的可贵是凡有所知所信必能"行"。这表现在生活的各个方面。以下谈一些琐细的，一般人会视为怪异的，或者可以算作轶事吧。

他是治学之外一切都不顾的人，所以住所求安静，常常是一个院子只他一个人住。30年代初期，他住在沙滩银闸路西一个小院子里，门总是关着，门上贴一张大白纸，上写，近来常常有人来此找某某人，某某人以前确是在此院住，现在确是不在此院住。我确是不知道某某人在何处住，请不要再敲此门。看到的人都不禁失笑。50年代初期他住在银锭桥，熊师母在上海，想到北京来住一个时期，顺便逛逛，他不答应。我知道此事，婉转地说，师母来也好，这里可以有人照应，他毫不思索地说："别说了，我说不成就是不成。"师母终于没有来。后来他移住上海，是政协给找的房，仍然是孤身住在外边。

不注意日常外表，在我认识的前辈里，熊先生是第一位。衣服像是定做的，样子在僧与俗之间。袜子是白布的，高筒，十足的僧式。屋里木板床一，上面的被褥等都是破旧的。没有书柜，书放在破旧的书架上。只有两个箱子，一个是柳条编的，几乎朽烂了。另一个铁皮的，旧且不说，底和盖竟毫无联系。且说这个铁箱，他回上海之前送我了，70年代我到外地流离，带着它，返途嫌笨重，扔了。

享用是这样不在意；可是说起学问，就走向另一极端，过于认真。他自信心很强，简直近于顽固，在学术上决不对任何人让步。写《破破新唯识论》的事，上面已经说过。还可以举一件有意思的。40年代晚期，废名（冯文炳）也住在红楼后面，这位先生本来是搞新文学的，后来迷上哲学，尤其是佛学。熊先生是黄冈人，冯是黄梅人，都是湖北佬，如果合唱，就可以称为"二黄"。他们都治佛学，又都相信自己最正确；可是所信不同，于是而有二道桥（熊先生30年代的一个寓所，在地安门内稍东）互不相下，至于动手的故事。这动手的武剧，我没有看见；可是有一次听到他们的争论。熊先生说自己的意见最对，凡是不同的都是错误的。冯先生答："我的意见正确，是代表佛，你不同意就是反对佛。"真可谓"妙不可酱油"。我忍着笑走了。

对于弟子辈，熊先生就更不客气了，要求严，很少称许，稍有不合意就训斥。据哲学系的某君告诉我，对于特别器重的弟子，他必是常常训斥，甚至动手打几下。我只受到正颜厉色的训导，可证在老师的眼里是宰予一流人物。谈起训斥，还可以说个小插曲。一次，是热天的过午，他到我家来了，妻恭敬地伺候，他忽然看见窗外遮着苇帘，严厉地对妻说："看你还聪明，原来胡涂。"这突如其来的训斥使妻一愣，听下去，原来是阳光对人有益云云。

在一般人的眼里，熊先生是怪人。除去自己的哲学之外，几乎什么都不在意；信与行完全一致，没有一点曲折，没有一点修饰；以诚待人，爱人以德：这些都做得突出，甚至过分，所以确是有点怪。但仔细想想，这怪，与其说是不随和，毋宁说是不可及。就拿一件小事说吧，夏天，他总是穿一条中式白布裤，上身光着，无论来什么客人，年轻的女弟子，学界名人，政界要人，他都是这样，毫无局促之态。这我们就未必成。他不改常态，显然是由于信道笃，或说是真正能"躬行"。多少年来，我总是怀着"虽不能之而心向往之"的心情同他交往。他终于要离开北京，我远离严师，会怎么样呢？我请他写几句话，留作座右铭，他写："每日于百忙中，须取古今大著读之。至少数页，毋间断。寻玩义理，须向多方体究，更须钻入深处，勿以浮泛知解为实悟也。甲午十月二十四日于北京什刹海寓写此。漆园老人。"并把墙上挂的一幅他自书的条幅给我，表示惜别。这条幅，十年动乱中与不少字轴画轴一同散失。幸而这座右铭还在，它使我能够常常对照，确知自己在读古今大著和寻玩义理方面都做得很差，惭愧而不敢自满，如果这也可以算作收获，总是熊先生最后的厚赐了。

马叙伦

马叙伦先生，原字彝初，后写夷初，杭州人。生于清光绪十年（1884），比鲁迅先生小三岁。解放后曾任教育部长。60年代患病，神志不清，靠护理及药物活了相当长的时期，于1970年逝世。

30年代初我上北京大学，听了马先生一年课，讲的是宋明理学。讲什么内容，现在都不记得了，只记得他是中上等身材，偏于瘦，面长而苍老，态度严肃，总是穿蓝青色缎袍，团花，闪闪发光，坐着讲，完全是旧日书院山长的风度。马先生是哲学系教授，在学校像是多讲《庄子》，著有《庄子义证》一书。他通旧学的各个方面。文章和诗词都写得不坏。更高的是书法，虽然名声不像沈尹默那样大，我觉得，与沈相比，风华像是差一些，至于筋骨内敛，也许要占上风。我同马先生没有个人交往，可是据我所知的一点点，觉得他在北京大学的老一辈里，人品学识，有不少是难及的，值得说一说。

马先生的为人，就兴趣说是多方面的。这可以用他自己的述说为证。40年代末，他出版过笔记性质的书，两册：《石屋馀渖》和《石屋续渖》。《馀渖》有"马君武"条，说："君武长余四岁，一浮（马一浮）长余二岁，彼时朱颜绿鬓，各自负以天下为任。乃一浮寻即自匿陋巷，日与古人为伍，不屑于世务。君武西游，留学于德国，及归而与政，然所成与余相若。"又"余之信仰"条说："人生堕地，即入社会，唯有两利，以了此生，至于得福得祸，各随因缘，权在于己者，即看明环境，权量轻重，趋于合理，自然得福。若环境所迫，祸不可避，则安而受之，生死不计。"这是表示，他主张入世，言行要利于社会，依己之所信而行，得祸也在所不计。

他的经历就正好说明他的立身处世态度。早年，他在上海编《国粹学报》，很多人都知道，这是排满的革命刊物。入民国以后，他曾任教育部次长。在北京大学任教时期，《国立北京大学校史略》说他：1916年春，"袁世凯叛国称皇帝，文科教授马叙伦愤然曰：'是不可以久居矣。'即日离职去，一时有挂冠教授之称"。40年代中期，他反对南京政府的专制统治，组织民主促进会，奔走呼号，要民主，因此而在南京下关被打伤。这些都可以算是他的"趋于合理""生死不计"的信仰的实践。

但他还有另一面，是"仕而优则学"，或者说，关心社会而并不放弃治学。对于中国旧学，他是儒道释兼通。在北京大学，他讲书总是贯穿百家；名著《庄子义证》更是这样，讲的是道，却用了不少佛说。关于书法，他不只写得好，还是理论家，《佩觚》《续觚》中有不少讲书法的条目，对于古今书法家几乎都有评论。眼力可算是锐敏深刻。——自然，这类仁者见仁、智者见智的事，求人人都同意很难，即如过于轻视赵董，我就不能同意。我一直以为，书法高下与某人喜爱与否并不完全是一回事；二者可以相合，如高的为人所喜；但有时也许不合，如高的不为人所喜，下的反为人所喜。赵董同样出于二王。二王兼收古之所长而表现为今变，因为内容丰富，所以后世取其一仓一廪就可以成为小康。取什么与时代的风气有关，又与个人的癖好有关，同源异流，流的路径越长，面目变化越大。正如欧是取其险劲，米是取其流动，赵董是取其柔婉；至于功力之深，我以为欧米与赵董是各有千秋。话扯得远了，还是转回来，说马先生的治学。他还治文字学，晚年孜孜不倦，因为精力时间都不够，50年代前期，曾请古文字学家陈保之（邦怀）先生帮他整理旧稿。其时马先生任中央教育部部长，为治学，真够得上鞠躬尽瘁了。

还有一件，是马先生的轶事，也应该说一下。几十年前，北京餐馆的食谱名色以人名者有三种，曰赵先生肉，张先生豆腐，马先生汤，这马先生汤就是马叙伦先生所创。碰巧《馀沈》有这一条，可以抄录几句以代替说明。

> 余亦喜制馔品……君三白汤必余手调，即诸选材，亦必与目，三白者菜、笋、豆腐也。……此汤制汁之物无虑二十，且可因时物增减，惟雪里蕻为要品，……然制成后，一切物味皆不可得，如太羹玄酒，故非诚知味者不知佳处……住在北平，日竭（？）中央公园之长美轩，以无美汤，

试开若干材物，姑令如常烹调，而肆中竟号为马先生汤，十客九饮。其实绝非余手制之味也。

《石屋》两种谈见闻掌故，寓个人褒贬，见识多可取。只是少数谈狐仙，谈相术，虽系志异性质，出自马先生笔下，总像是穿高跟而插凤钗，不协调。想起熊十力先生，与马先生同行辈，也是哲学家，可是同样信相术，莫非本土的儒道释，就真与舶来的所谓科学南辕北辙吗？

这里还是宽厚一些，放过小德。且说谈这些琐事的原由当然是怀念。说起怀念，总是感到遗憾。其一是没有获得马先生的手迹，所能见到的只是影印在《一九二六年北京大学毕业同学录》前面的十四首诗和一首词。《馀渖》有"余书似唐人写经"条，说人谓相似，只因得其法。这说得很对，马先生这件手迹用小楷写，风神确是与唐人写经有相似处，不过唐人写经多经生书，功夫虽纯，终非书家，所以与马先生比，总觉得脂泽有余而筋骨不足。另一遗憾不是生也晚，而是生也贫，在京华住的时间不短，竟连仿制的马先生汤也没有喝过。不过俗话说，知足者常乐，手头终归还有影印的手迹诗词，其中有些慷慨激昂，如"自叹蹉跎已老身，放言犹动少年人。贾生初出先忧国，鲁子终身不帝秦"。有时读一读，还可以想见其为人。

胡博士是个有大名的人物。在手持玉帛的人们的眼里是这样，在手持干戈的人们的眼里似乎尤其是这样，因为如果无名，就犯不上大动干戈了。可是以他为话题却很不合适。一是他的事迹，几乎尽人皆知，"五四"时期的文学革命不用说了，其后呢，有他自己写的《四十自述》，再其后，作了最高学府北京大学的校长，渡海峡东行，作院长、大使等等，所谓事实俱在，用不着述说。二，关于学术成就，他是经史子集无所不问，无所不写，大兼早直到老庄和孔孟，小（当然是按旧传统说）兼晚直到《红楼梦》和《老残游记》，所谓文献足征，也用不着述说。三是不管谈哪方面，都会碰到评价问题，这很不好办，向这一方偏，站在那一方的人们不能容忍，向那一方偏，站在这一方的人们不能容忍，居中，两方都会斥为骑墙派或模棱派，也不能容忍，总之将是费力不讨好。可是我这琐话有不少是涉及北京大学的，胡博士是北京大学的重要人物，漏掉他，有人会怀疑这是有什么避忌。不得已，只好借用孔北海让梨的办法，拿小的，谈一些琐屑。

胡博士1917年来北大，到我上学时期，论资历，已经是老人物了。可是年岁并不很大，不过是"四十而不惑"。看外貌更年轻，像是三十岁多一些。中等以上身材，清秀，白净。永远是"学士头"，就是头发留前不留后，中间高一些。永远穿长袍，好像博士学位不是来自美国。总之，以貌取人，大家共有的印象，是个风流潇洒的本土人物。

形貌本土，心里，以及口中，有不少来自异国的东西。这有思想，或说具体一些，是对社会、人生以及与生活有关的种种事物（包括语言文学）的看法。——这方面问题太大，还是谈小一些的，那是科学方法。我们本土的，有时候谈阴阳，说太极，玄想而不顾事实。科学方法则不然，要详考因果，遵循逻辑，要在事实的基础上建立知识系统。这对本土说是比较新鲜的。可是也比较切实，所以有力量。初露锋芒是破蔡元培校长的《石头记索隐》。蔡先生那里是猜谜，甚至做白日梦，经不住科学方法的事实一撞，碎了。在红学的历史上，胡博士这篇《〈红楼梦〉考证》很重要，它写于1921年，刚刚"五四"之后，此后，大家对索隐派的猜谜没有兴趣了，改为集中力量考曹府，以及与之有关联的脂砚、敦敏等。也是用这种方法，胡博士还写了几种书和大量的文章，得失如何可以从略。

"五四"前后，胡博士成为文化界的风云人物，主要原因自然是笔勤，并触及当时文化方面的尖锐问题，这就是大家都熟知的文学革命。还有个原因，其实也不次要，是他喜爱社交，长于社交。在当时的北京大学，交游之广，朋友之多，他是第一位。是天性使然还是有所为而然，这要留给历史学家兼心理学家去研究；专从现象方面说，大家都觉得，他最和易近人。即使是学生，去找他，他也是口称某先生，满面堆笑；如果是到他的私宅，坐在客厅里高谈阔论，过时不走，他也绝不会下逐客令。这种和易的态度还不只是对校内人，对校外的不相识，据说也是这样，凡是登门必接待，凡是写信必答复。这样，因为他有名，并且好客，所以同他有交往就成为文士必备的资历之一，带有讽刺意味的说法是："我的朋友胡适之。"

要上课，要待客，要复信，要参加多种社会活动，还要治学，写文章，其忙碌可想而知。可是看见他，总是从容不迫的样子。当时同学们都有个共同的感觉，胡博士聪明过人，所以精力过人。30年代初，他讲大一普修的中国哲学史，在第二院大讲堂（原公主府正殿）上课，每周两小时，我总是去听。现在回想，同学们所以爱听，主要还不是内容新颖深刻，而是话讲得漂亮，不只不催眠，而且使发困的人不想睡。还记得，那已是1946年，西南联大三校各回老家之后，清华大学校庆，我参加了。其中有胡博士讲话，谈他同清华大学的关系，是某年，请他当校长，他回个电报说："干不了，谢谢！"以下他加个解释，说："我提倡白话文，有人反对，理由之一是打电报费字，诸位看，这用白话，五个字不是也成了吗？"在场的人都笑了，这口才就是来自聪明。

以上谈的偏于"外面儿"的一面。外面儿难免近于虚浮，一个常会引起的联想是风流人物容易风流。胡博士像是不这样，而是应该谨严的时候并不风流。根据道听途说，他留学美国的时候，也曾遇见主动同他接近的某有名有才的女士，内情如何，外人自然难于确知，但结果是明确的，他还是回到老家，安徽绩溪，同父母之命的江夫人结了婚。来北京，卜居于地安门内米粮库，做主妇的一直是这位完全旧式的江夫人，不能跳舞，更不能说yes, no。这期间还流传一个小故事，某女士精通英、法、德文，从美国回来，北大聘她教外语，因为家长与胡博士有世交之谊，住在胡博士家。我听过这位女士的课，一口流利的好莱坞。她说惯了，不三思，下课回寓所，见着胡博士还是一口好莱坞，胡博士顺口搭音，也就一连串yes, no。这不怪江夫人，她不懂，自然不知道说的是什么，也自然会生疑。胡博士立即察觉，并立即请那位女士迁了居。

闲谈到此，本来可以结束了。既而一想，不妥，谈老师行辈，用夫人和女士事件结尾，未免不郑重。那就再说一件，十足的郑重其事，是他对朋友能够爱人以德。那是1938年，中国东、北半边已经沦陷，北大旧人还有住在北京的，其中一位是周作人。盛传他要出来做什么，消息也许飞到西方，其时胡博士在伦敦，就给周寄来一首白话诗，诗句是："臧晖（案为胡博士化名）先生昨夜做一个梦，梦见苦雨庵（案为周的书斋名）中吃茶的老僧，忽然放下茶盅出门去，飘然一杖天南行。天南万里岂不太辛苦？只为智者识得重与轻。梦醒我自披衣开窗坐，谁知我此时一点相思情。"用诗的形式劝勉，"谁知我此时一点相思情"，情很深，"智者识得重与轻"，意很重，我忝为北大旧人，今天看了还感到做得很对。可惜收诗的人没有识得重与轻，辜负了胡博士的雅意。

说起北大旧事，胡博士的所为，也有不能令人首肯的，或至少是使人生疑的。那是他任文学院院长，并进一步兼任中国语言文学系主任，立意整顿的时候，系的多年教授林公铎（损）解聘了。林先生傲慢，上课喜欢东拉西扯，骂人，确是有懈可击。但他发牢骚，多半是反对白话，反对新式标点，这都是胡博士提倡的。自己有了权，整顿，开刀祭旗的人是反对自己最厉害的，这不免使人联想到公报私仇。如果真是这样，林先生的所失是鸡肋（林先生不服，曾发表公开信，其中有"教授鸡肋"的话），胡博士的所失就太多了。

　　北宋初年有个大官，姓吕名端，字易直，作到平章事（宰相职）。同富郑公、韩魏公等相比，他不算有名，可是关于他有个有趣的评语，而且出自太宗皇帝之口，是："小事胡涂，大事不胡涂。"苦雨斋主人周作人是北京大学的老人物，从1917年到校，至1937年事变后学校南迁，整整二十年，可谓与学校共存亡。我上学时期，他主要担任日文组的课，有时兼点国文系的课，如讲六朝散文之类。他是老师行辈，我离开学校之后还同他有些交往。旧事难忘，有时自然会想到他；每次想到，吕端的故事就涌上心头。也许应该算作感慨吧，是惋惜他不能学习吕端，而是与吕端相反：大事胡涂，小事不胡涂。

　　所谓大事是节操，用老话说是应该义不食周粟。他是日本留学生，精通日语，而且娶的是日本夫人，羽太信子。从在日本时期起，伴随胞兄鲁迅先生，过的就是文学生涯。回国以后，"五四"前后，他写了大量的散文，也写白话诗，有相当浓厚的除旧布新的气息。这使他不只在本国，就是在日本，也有了大名。"七七"事变，日军侵占北京，像他这样的人，三尺童子也会知道，是三十六着，走为上计。可是他没有走。中计是学顾亭林，闭门却扫，宁可死也不出山。起初他可能也有这种想法，因为曾经到燕京大学去任课。可是过些时候，传言出现了，他要出来担任什么。日本人会利用他，这是任何人闭目都会想到的；他受不受利用，则是仁者见仁，智者见智。也许为了防万一，有些顾念旧交谊的人婉言表示了劝阻之意，我知道的有钱玄同先生和马幼渔先生。也有旧学生，多半用书札。后来知道，这些劝告都没有起作用，据说他还表示过，是因为劝说的理由还不能使他心服。我想，这说的未必合乎事实，事实是一定有什么力量超过劝告的力量。这大力量是什么呢？日本夫人？多年来对留日生活的眷恋？被元旦的一枪（1939年元旦有刺客登门行刺，中一枪，因衣厚未受伤）吓坏了？生活无着？或者还有其他？总之，结果是明确的，终于还是开了门，先则文学院院长，一直到教育总署督办。北大旧人寒心的是，可以抬出来让国内外看看的人物竟然倒了。日本人呢，是可以借他来说明，可以抬出来让国内外看看的人物也站在他们一边，可见他们是正义的。对立的看法在一点上是相同的，表态的是"一"个人，蕴涵的意义却不止一个人。这就关系重大，所谓大事胡涂。

关于小事不胡涂，也可以举出不少例证。不过先要解说一下，所谓"小"，是对国家、民族的"大"而言，意义并不等于微不足道。这首先是他"文"的方面的成就。他精通日语，前面已经说过。他还通希腊文和英文。中文的造诣更不用说。这使他有了大量吸收的条件。吸收多了要放出，他同鲁迅先生一样，笔下功力深，一生写了大量的文章，以文集形式出版的有几十种。早年和晚年还译了不少著作，其中有些是日本和希腊的古典作品。这些都有文献可征，用不着多说。

可以说说的是不见或少见于文献的。他多次说他不懂"道"，这大概是就熊十力先生的"唯识"和废名的"悟"之类说的。其实他也谈儒家的恕和躬行，并根据英国性心理学家蔼理斯的理论而谈妇女解放。他多次说他不懂诗，对于散文略有所知。他讲六朝散文，推崇《颜氏家训》，由此可以推知他的"所知"是，文章要有合乎人情物理的内容，而用朴实清淡的笔墨写出来。关于诗，我还记得30年代初，一次在北京大学开诗的讨论会，参加的人不多，只记得周以外，还有郑振铎和谢冰心。别人都讲了不少话，到周，只说他不懂诗，所以不能说什么。我想，这大概是因为，对于诗的看法，他同流行的意见有区别；流行的意见是诗要写某种柔情或豪情，他不写。他先是写白话诗，后来写旧诗，确是没有某种柔情和豪情，可是有他自己的意境。晚年写怀旧诗《往昔三十首》，用五古体，语淡而意厚，就不写某种柔情和豪情说，可算是跳出古人的藩篱之外了。

这文的方面的成就，与他的勤和认真有密切关系。从幼年起，他念了大量的书，可以说是古今中外。比如他喜欢浏览中国笔记之类的书，我曾听他说，这方面的著作，他几乎都看过。有一次，巧遇，我从地摊上买到日本废性外骨的《私刑类纂》，内容丰富，插图幽默，很有趣，后来闲话中同他谈起，他立即举出其中的几幅插图，像是刚刚看过。还有一次，谈起我买到蔼理斯的自传，他说他还没见过，希望借给他看看。我送去，只几天就还我，说看完了。到他家串门的朋友和学生都知道，他永远是坐在靠窗的桌子旁，桌子上放着一本书。写也是这样，几乎天天要动笔，说是没有别的事可做，不读不写闷得慌。

谈起认真，也许受鲁迅先生的感染，甚至琐屑小事他也一丝不苟。书籍总是整整齐齐的。给人写信，八行信笺用毛笔写，总是最后一行署名，恰好写满，结束。用纸包书付邮，一定棱棱角角，整整齐齐。甚至友人送个图章，他也要糊个方方正正的纸盒，把图章装在里边。大一些的事就更是这样，治学，著述，总是严格要求，不满足于差不多。记得有个人由市面上买一本《日语百日通》，写信问他是不是能够这样，他劝那个人还是干点别的，以免白白耗费一百天，可惜。30年代前后北京有一位王君，大概是个教师吧，学齐白石，也画也刻，粗制滥造，装腔弄势，有人拿他的作品请周评论，周说："我看他还是先念点书吧。"还有一次，我同他谈起日本著作的翻译，他说很不容易，并举上海一位既画又写的有大名的某君为例，说很平常的也常常译错了。不知什么机缘，我忽然想到日本俳句，说希望他能够编一本日本俳句选译。我心里想，如果他不做，这介绍东方诗的小明珠到中国的工作就难于找到更合适的人。他听了，毫不迟疑，很郑重地说："没有那个本事，办不了。"

学问文章谈了不少，还应该谈点家常。他的家常生活，有他的打油诗为证，第一首尾联云："旁人若问其中意，且到寒斋吃苦茶。"住北京几十年，他过的都是坐在书斋吃茶的悠闲生活。这使他由"五四"时期的激昂慢慢化为平和，甚至消沉，以致到关键时刻不能选上计，真是一言难尽。——话题有放大的趋势，还是转回来谈家常。悠闲，向唯物方面说是求舒适，这就不能不多花钱。买书多也不能不多花钱。幸而薪金高，有稿费。但据说也是到手就光。所以一旦事变，北大南迁，立刻就无柴无米，连钱玄同先生都感到很意外。

柴米油盐之上是为人处世。在北京大学，他以态度温和著名，访者不拒，客气接待，对坐在椅子上，不忙不迫，细声微笑地谈闲话，是苦雨斋的惯例。几乎没有人见过他横眉竖目，也没有人听过他高声呵斥。在这方面，事例很多，只讲一个。听赵荫棠先生说，是周有了大官位时期，一个北大旧学生穷得没办法，找他谋个职业。也许是第三次去问吧，正赶上屋里有客，门房挡了驾。这位学生疑惑是推托，怒气难平，于是站在门口大骂，声音高到内院也听得清清楚楚。谁也没想到，过了三五天，通知那位学生上任了。有人问周，他这样大骂，反而用他是怎么回事。周说，到别人门口骂人，这是多么难的事，太值得同情了。

也是听赵荫棠先生说，周曾同他讲，自己知道本性中有不少坏东西，因而如果作了皇帝，也许同样会杀人。我想，这样的反省是真实的，譬如见诸文字，在早期，他曾同鲁迅先生翻了脸。内情如何，据说局外人只有张凤举和徐耀辰知道，可是有人问这两位，他们总是以不了了之；现在呢，连这两位也下世了。另一次翻脸是在晚期，也是不知为什么，他用明信片印"破门声明"，寄给熟人，说是不再承认沈启无（四弟子之一）是他的弟子。我当时接到这个明信片，心里想，不管沈启无怎么样，自己表示大动干戈总是与一贯温和的面貌不相称。

日本侵略军投降之后，他住了南京老虎桥监狱。我想，他应该悔恨没有开门出走，或闭门学顾亭林。解放以后，听说他表示悔恨，还愿意以余生做些有意义的事。过而能改总是好的，所以他又有了翻译和写作的机会。但人不是当年的了，坐落在北京西北部公用库八道弯的苦雨斋也一变而为凄清冷落。住房只剩内院北房的西半部；东半部，爱罗先珂住过的，中门外南房，鲁迅先生住过的，都住了其他市民。所住北房三间，靠西一间是卧室，日本式布置，靠东一间是书房兼待客。客人来，奉茶的是自己或羽太夫人。幸而有老本，能够在文墨的世界里徜徉，不至过于寂寞。这样的日子共计十六七年，中间经过"文化大革命"的动荡，到1967年5月，又为读者留下十几种书，下世了。

这样的一生，要怎样评价才合适呢？偶然翻阅新编的《辞海》，看见有"周作人"一条，像是本诸过而知改，既往不咎的态度写的。我引吕端的故事，说是大事胡涂，或者太苛了吗？我想了想，因为我是他的学生，珍视他文的方面的成就，难免求全责备，说是出于善意也罢，说是有违恕道也罢，既然这样想了，也只好这样说了。

刘
半
农

刘半农先生是我的老师，30年代初我在北京大学上学，1933年9月到1934年6月听了他一年"古声律学"的课。他名复，号半农，江苏江阴人。生于清光绪辛卯（十七年，1891），是北京大学卯字号人物之一。说起卯字号，那是北京大学老宅（原为乾隆四公主府，在景山之东马神庙，后改名景山东街，又改为沙滩后街）偏西靠南的一组平房。因为住在那里的教师有两位是光绪己卯年（五年，1879）生，有三位是辛卯年生。卯就属相说是兔，于是己卯年生者成为老兔，辛卯年生者成为小兔，其住所的雅称为卯字号，义为兔子窝。卯字号的小兔，名气最大的是胡适之，其次才是刘半农和刘叔雅。半农先生来北大任教是民国六年（1917），民国九年往法国留学，六年后得博士学位回国，仍在北京大学任教。

半农先生的学术研究是语音学，最出名的著作是《四声实验录》。这部书从音理方面讲清楚汉语不同声调的所以然，使南朝沈约以来的所有模棱解释一扫而空。但他是个杂家，有多方面的兴趣。据说早年在上海写"礼拜六"派文章，署名"伴侬"，半农的大号就是削去两个人旁来的。他还治文法，所著《中国文法通论》在中国语法学史上也占一席地。专攻语音学以后，他仍然写小品文，写打油诗（用他自己的称谓）。写这类文章，常用别号"双凤皇砖斋"和"桐花芝豆堂"，前者取义为所藏之砖比苦雨斋（周作人）所藏多一凤皇，后者取义为四种植物皆可出油，也可见他为人的喜幽默，多风趣。他还谈论音乐，这或者是受他老弟名音乐家刘天华的影响；而且写过歌词，名"教我如何不想他"。他的业余癖好是照相，据说在非职业摄影家里，他的造诣名列第一。在这方面他还有著作，名《半农谈影》。他的照相作品，我只见过一次，是给章太炎先生照的，悬在北京大学研究所国学门。太炎先生半身，右手捏着多半支香烟，缭绕的烟在褶皱的面旁盘旋，由严肃的表情中射出深沉的目光，给我留下很深的印象。当时的学者都有聚书的嗜好，半农先生也不例外。我没有看过他的书斋，但知道贯华堂原刻七十一回本《水浒传》在他手里，这是他先下手为强，跑在傅斯年前面，以数百元高价得到的（中华书局曾据此缩小影印出版）。还有一件，是喜欢传奇志异，作古之前不久，他为赛金花写传，未成，由弟子商鸿逵继续写完，名《赛金花本事》出版。

以上是半农先生超脱的一面。专看这一面，好像他是象牙之塔里的人物，专力治学，以余力玩一玩。其实不然，他对世事很关心，甚至有路见不平，拔刀相助的肝胆。写文章，说话，都爱憎分明，对于他所厌恶的腐朽势力，常常语中带刺。"五四"时期，他以笔为武器，刺旧拥新，是大家都知道的。还有一次，大概是1932年或1933年吧，办《世界日报》的成舍我跟他说："怎么老不给我们写文章？"他说："我写文章就是骂人，你敢登吗？"成说："你敢写我就敢登。"半农先生就真写了一篇，题目是"阿弥陀佛戴传贤"，是讽刺考试院院长戴传贤只念佛不干事的，《世界日报》收到，就在第一版正中间发表了。为此，《世界日报》受到封门三天（？）的报应，半农先生借北京大学刺多扎手的光，平安地过来了。

1933年暑后，我当时正对乐府诗有兴趣，看见课表上有半农先生"古声律学"的选修课，就选了。上第一堂，才面对面地看清他的外貌。个子不高，身体结实，方头，两眼亮而有神，一见即知是个精明刚毅的人物。听课的有十几个人。没想到，半农先生上课，第一句问的是大家的数学程度如何，说讲声律要用比较深的数学。大家面面相觑，都说不过是中学学的一点点。他皱皱眉，表示为难的样子。以后讲课，似乎在想尽量深入浅出，但我们仍然莫明其妙。比如有一个怪五位数，说是什么常数，讲声律常要用到，我们终于不知道是怎么求出来的。但也明白一件事，是对于声音的美恶和作用，其他讲文学批评的教授是只说如此如彼的当然，如五微韵使人感到惆怅之类；半农先生则是用科学数字，讲明某声音的性质的所以然。这是根本解决，彻底解决，所以我们虽然听不懂，还是深为信服。就这样学了一年，到考试，才知道正式选课的只我一个人，其余都是旁听。考试提前，在半农先生的休息室。题尽量容易，但仍要他指点我才勉强完了卷。半农先生笑了笑，表示谅解，给了七十分。我辞出，就这样结束了最后一面。提前考试，是因为他要到西北考察语音（？），想不到这一去就传染上回归热，很快回来，不久（7月14日）就死在协和医院，享年才四十三岁。

暑后开学，延迟到10月中旬（14日）才开追悼会。地点是第二院（即上面说的老宅）大讲堂，原公主府的正殿。学术界的名人，尤其北京大学的，来的不少。四面墙上挂满挽联。校长蒋梦麟致悼词之后，登上西头讲台讲话的很有几个人，如胡适之、周作人、钱玄同等。讲话表示推崇惋惜不奇怪，奇怪的是对于"杂"的看法不一致，有人认为白璧微瑕，有人反驳，说这正是优点。公说公的理，婆说婆的理，在北京大学是司空见惯，所以并没有脸红脖子粗就安然过去。到会的有个校外名人，赛金花。她体形苗条，穿一身黑色绸服，梳头缠脚，走路轻盈，后面跟着女仆顾妈，虽然已是"老大嫁作商人妇"的时期，可是一见便知是个不同凡响的风尘人物。她没有上台讲话，可是送了挽联，署名是魏赵灵飞。挽联措辞很妙，可惜只记得上半，是"君是帝旁星宿，侬惭江上琵琶"。用白香山《琵琶行》故事，恰合身分，当时不知系何人手笔。不久前遇见商鸿逵，谈及此事，他说是他代作，问他下半的措辞，他也不记得了。没想到，过了几个月，商先生也下世，这副挽联恐怕不能凑全了吧。还有一副挽联，是编幽默月刊《论语》的林语堂和陶亢德所送，措辞也妙，可惜只记得下半，是"此后谁赞阿弥陀佛，而今你逃狄克推多"。

追悼会之后，日往月来，半农先生离我越来越远了。大概是50年代，阅市，遇见旧货中有他写的两个大字"中和"，觉得意义不大，未收。仅有的一本他的著作《半农谈影》，有个朋友喜欢照相，奉送了。于是关于半农先生，我之所有就只是上面这一点点记忆了。

刘叔雅

刘叔雅是民初学术界的知名之士，名文典，字叔雅，因为学术有成就，人都称呼为刘叔雅，表示尊重。他是安徽合肥人，与大政客段祺瑞是同乡，也许由于贵远贱近吧，提到段祺瑞总有些不敬之语。对于早一代也出于合肥的李鸿章，不知道是不是也一视同仁。关于他的情况，《中华民国史资料丛稿·人物传记》第十四辑里有张文勋为他作的传，记经历，评得失，都平实。要点是这几项：一是曾两次往日本，通日语。二是年轻时候有革命朝气。三是二十几岁到北京大学任教，用了不少力量治旧学，写成《淮南鸿烈集解》和《庄子补正》等，受到许多专家推重。四是抗战以后到云南，思想消沉，生活颓废，直到解放以后才回到正路。五是骄傲怪僻，有时不合流俗。

30年代初，他在清华大学任国文系主任，在北京大学兼课，讲六朝文，我听过一年。他的大名，我早有所知。这少半是来自读他的著作，其中有翻译日本丘浅次郎的《进化与人生》；中文的是他的权威著作《淮南鸿烈集解》。听说他骈体文写得很好，没有见过。大名的多半是来自他的不畏权势。那是1928年，他任安徽大学校长，因为学潮事件触怒了老蒋。蒋召见他，说了既无理又无礼的话，据说他不改旧习，伸出手指指着蒋说："你就是新军阀！"蒋大怒，要枪毙他。幸而有蔡元培先生等全力为他解释，说他有精神不正常的老病，才以立即免职了事。不论什么时代，像这样常人会视为疯子的总是稀有的，这使我不禁想到三国的祢衡。而这位祢衡就在课堂上，一周见一次，于是我怀着好奇的心理注意他的举止言谈。

他偏于消瘦，面黑，一点没有出头露角的神气。上课坐着，讲书，眼很少睁大，总像是沉思，自言自语。现在还有印象的，一次是讲木玄虚《海赋》，多从声音的性质和作用方面发挥，当时觉得确是看得深，说得透。又一次，是泛论不同的韵的不同情调，说五微韵的情调是惆怅，举例，闭着眼睛吟诵："风压轻云贴水飞，乍晴池馆燕争泥。沈郎憔悴不胜衣。"念完，停一会，像是仍在心里回味，我当时想，他是不是觉得自己就是"沈郎憔悴不胜衣"呢？对于他的见解，同学是尊重的。只是有一次，他表现为明显的言行不一致。不知从哪里说起，他忽然激昂起来，起立，睁大眼睛，说人间的不平等现象使他气愤，举例中有人坐车，有人拉车云云。同学听了都惊讶而感动，想到像这样一位神游六朝的人物忽然注意现世问题，真有"烈士暮年，壮心不已"的意味。说完，下课，有些同学由窗口目送他走出校门。一辆旧人力车过来，他坐上去，车夫提起车把向西跑去，原来他正是"有人坐车"的人。

抗战时期，他到云南，一个时期在西南联大任教。我有个表弟倪君在那里上学，回内地之后跟我说，刘叔雅在那里仍然表现为很怪异，许多事在学校传为笑谈。例如有一次跑警报，一位新文学作家，早已很有名，也在联大任教，急着向某个方向走，他看见，正颜厉色地说："你跑做什么！我跑，因为我炸死了，就不再有人讲《庄子》。"那位作家尊重他是前辈，没还言，躲开他，或者说，"桃之夭夭"了。再是不止一次，他讲书，吴宓（号雨僧）也去听，坐在教室内最后一排。他仍是闭目讲，讲到自己认为独到的体会的时候，总是抬头张目向后排看，问道："雨僧兄以为何如？"吴宓照例起立，恭恭敬敬，一面点头一面答："高见甚是，高见甚是。"惹得全场为之暗笑。

1945年抗战胜利，西南联大合伙散伙，各自回各自的老窝，他因为已经不在联大，就没有跟回来。以后一直留在云南，在云南大学任教。有人说这是因为他舍不得云土（烟土，即鸦片）和云腿（火腿），并由此而获得"二云居士"的雅号，不知确否。这且不管它，我觉得遗憾的是不再听到他的"甚是"的"高见"，有时难免类似老成凋谢的怅惘。

十几年之后，他就真正凋谢了。我有时想起北京大学的卯字号人物，这小一辈的，刘半农终于1934年，享寿四十三；胡适之终于1962年，享寿七十一；刘叔雅终于1958年，享寿六十七，单就这一点说是中间人物。学术成就呢？很难说。张文勋为他作的传记说，他还想以余年完成《群书校补》等几种大著作，可惜"出师未捷身先死"。我则以为，他不如降一级，由"子部"转到专搞"集部"，比如说，多谈谈选学、唐诗，就会对更多的读者有大帮助。——他作古了；如果健在，听到我这不三不四的意见，恐怕要大喊"小子何知"吧？

朱自清

朱自清先生的大名和成就，连年轻人也算在内，几乎无人不知，无人不晓，因为差不多都念过他的散文名作，《背影》和《荷塘月色》。我念他的《背影》，还是在中学阶段，印象是：文富于感情，这表示人纯厚，只是感伤气似乎重一些。1925年他到清华大学以后，学与文都由今而古，写了不少值得反复诵读的书，如《诗言志辨》《经典常谈》等。1937年以后，半壁江山沦陷，他随着清华大学到昆明，以及1946年回到北京以后，在立身处世方面，许多行事都表现了正派读书人的明是非、重气节。不幸是天不与以寿，回北京刚刚两年，于1948年10月去世，仅仅活了五十岁。

我没有听过朱先生讲课，可是同他有一段因缘，因而对他的印象很深。这说起来难免很琐碎，反正是"琐话"，所以还是决定说一说。

我的印象，总的说，朱先生的特点是，有关他的，什么都协调。有些历史人物不是这样，如霍去病，看名字，应该长寿，却不到三十岁就死了；王安石，看名字，应该稳重，可是常常失之躁急。朱先生名自清，一生自我检束，确是能够始终维持一个"清"字。他字佩弦，意思是本性偏于缓，应该用人力的"急"补救，以求中和。做没做到，我所知很少，但由同他的一些交往中可以推断，不管他自己怎样想，他终归是本性难移，多情而宽厚，"厚"总是近于缓而远于急的。他早年写新诗，晚年写旧诗，古人说："温柔敦厚，诗教也。"（《礼记·经解》）这由学以致用的角度看，又是水乳交融。文章的风格也是这样，清秀而细致，总是真挚而富于情思。甚至可以扯得更远一些，他是北京大学1920年毕业生，查历年毕业生名单，他却不是学文学的，而是学哲学的。这表面看起来像是不协调，其实不然，他的诗文多寓有沉思，也多值得读者沉思，这正是由哲学方面来的。这里加说几句有趣的插话，作为朱先生经历的陪衬。与朱先生同班毕业的还有三位名人，也是毕业后改行的：一位是顾颉刚，改为搞历史；一位是康白情，改为搞新诗；还有一位反面人物是陈公博，改搞政治，以身败名裂告终。最后说说外貌，朱先生个子不高，额头大，双目明亮而凝重，谁一见都能看出，是个少有的温厚而认真的人物。我第一次见他是1947年，谈一会话，分别以后，不知怎么忽然想到三国虞翻的话："生无可与语，死以青蝇为吊客，使天下一人知己者，足以不恨。"我想，像朱先生这样的人，不正是可以使虞翻足以不恨的人物吗？

泛泛的谈了不少，应该转到个人的因缘了。是1947年，我主编一个佛学月刊名《世间解》，几乎是唱独角戏，集稿很难，不得已，只好用书札向许多饱学的前辈求援，其中之一就是朱先生。久做报刊编辑工作的人都知道，在稿源方面有个大矛盾，不合用的总是不求而得，合用的常是求之不得。想消灭求之不得，像是直到今天还没有好办法，于是只好碰碰试试，用北京的俗语说是"有枣没枣打一竿子"，希望万一会掉下一两个。我也是怀着有枣没枣打一竿子的心情这样做的，万没有想到，朱先生真就写了一篇内容很切实的文章，并很快寄来，这就是刊在第七期的《禅家的语言》（后收入《朱自清古典文学论文集》上册）。当时为了表示感激，我曾在"编辑室杂记"里写："朱自清教授在百忙中赐予一篇有大重量的文章，我们谨为本刊庆幸。禅是言语道断的事，朱先生却以言语之道道之，所以有意思，也所以更值得重视。"这一期出版在1948年1月，更万没有想到，仅仅九个月之后，朱先生就作古了。

大概是这一年的5月前后，有一天下午，住西院的邻居霍家的人来，问我在家不在家，说他家的一位亲戚要来看我。接着来了，原来是朱先生。这使我非常感激，用古人的话说，这是蓬户外有了长者车辙。他说，霍家老先生是他的表叔，长辈，他应该来问安。其时他显得清瘦，说是胃总是不好。谈一会闲话，他辞去。依旧礼，我应该回拜，可是想到他太忙，不好意思打搅，终于没有去。又是万没有想到，这最初的一面竟成了最后一面。

死者不能复生，何况仅仅一面。但我常常想到他，而所取，大概与通常的评价不尽同。朱先生学问好，古今中外，几乎样样通。而且缜密，所写都是自己确信的，深刻而稳妥。文笔尤其好，清丽，绵密，细而不碎，柔而不弱。他代表"五四"之后散文风格的一派，由现在看，说是广陵散也不为过。可是我推重他，摆在首位的却不是学和文，而是他的行。《论语》有"行有余力，则以学文"的话，这里无妨断章取义，说：与他的行相比，文可以算作余事。行的可贵，具体说是，律己严、待人厚都超过常格。这二者之中，尤其超过常格的待人厚，更是罕见。这方面，可举的证据不少，我感到最亲切的当然是同自己的一段交往。我人海浮沉，认识人不算少，其中一些，名声渐渐增大，地位渐渐增高，空闲渐渐减少，因而就"旧雨来，今雨不来"。这是人之常情，不必作杜老《秋述》之叹。朱先生却相反，是照常情可以不来而来，这是决定行止的时候，只想到别人而没有想到自己。如果说学问文章是广陵散，这行的方面就更是广陵散了。

说来也巧，与朱先生告别，一晃过了二十年，一次在天津访一位老友，谈及他的小女儿结了婚，问男方是何如人，原来是朱先生的公子，学理科的。而不久就看见他，个子比朱先生高一些，风神却也是谦恭而恳挚。其时我老伴也在座，事后说她的印象是："一看就是个书呆子。"我说："能够看到朱先生的流风余韵，我很高兴。"

有个朋友来闲谈，说从哪里听到温源宁的消息，做了几年台湾驻希腊的"大使"，也是满腹牢骚，退休了。这使我想到五十多年前听过他一年课的名教授。

是30年代初，他任北京大学西方语言文学系英文组的主任，每周教两小时普通英文课。我去旁听，用意是学中文不把外语完全扔掉，此外多少还有点捧名角的意思。第一次去，印象很深，总的说，名不虚传，确是英国化了的gentleman，用中文说难免带有些许的嘲讽意味，是洋绅士。身材中等，不很瘦，穿整洁而考究的西服，年岁虽然不很大，却因为态度严肃而显得成熟老练。永远用英语讲话，语调顿挫而典雅，说是上层味也许还不够，是带有古典味。

中国人，英语学得这样好，使人惊讶。我向英文组的同学探询他的情况，答复不过是英国留学。我疑惑他是华侨，也许不会说中国话，那个同学说会说，有人听见他说过。后来看徐志摩的《巴黎的鳞爪》，知道徐先生也很钦佩他的英语造诣，并说明所以能如此的原因，是吸烟的时候学来的。我想，这样学，所得自然不只是会话，还会掺上些生活风度。问英文组同学，说他有时候确是怪，比如他的夫人是个华侨阔小姐，有汽车，他却从来不坐，遇见风雨天气，夫人让，他总是说谢谢，还是坐自己的人力车到学校。

只是听他一年课，之后他就离开北京大学。到哪里，去做什么，一直不清楚。差不多有十年光景，我有时想到他，印象不过是英语说得最地道的教授而已。是40年代初，友人韩君从上海回来，送我几种书，其中一种是温源宁的著作，名 *Imperfect Understanding*（可译为《一知半解》），1935年上海别发有限公司出版。内容是十七篇评介人物的文章，1934年所写，原来分期刊在英文《中国评论》上，最后辑印的。所评介的十七个人，吴宓，胡适，徐志摩，周作人，梁遇春，王文显，朱兆莘，顾维钧，丁文江，辜鸿铭，吴赉熙，杨丙辰，周廷旭，陈通伯，梁宗岱，盛成，程锡庚，大部分我也知道，又因为这是温先生"手所写"，所以很快就读了。读后的印象是：他不只说得好，而且是写得更好。且不说内容，只说文章的风格，确是出于英国散文大家的传统，简练典重，词汇多变而恰当，声音铿锵而顿挫，严肃中总隐含着轻松的幽默感。以下随便译一些看看。

（1）《序言》前部：

这些对于我所知的一些人的一知半解是我闲散时候写的。自然，它们的合适的安身地应该是废纸篓。不过它们曾经给有些朋友以乐趣，也就是适应这后一种要求才把它们集在一起印成书。

我相信这里没什么恶意，也不至惹谁生气。不过，也可能有一两位不同意我关于他们的一些说法。如果竟是这样，我请求他们宽恕。

（2）《吴宓》开头：

吴宓先生不像地上的任何事物，只要见一次，永远忘不了。有些人则不然，要让人家介绍上百次，可是到一百零一次，还是非再介绍不可。他们的面容是如此平常：没有风度，没有特点，恰好是平平常常的杰克、汤姆和哈利。吴先生的面容却得天独厚：其特异之点简直可以入漫画。

（3）《胡适》开头：

对于一些人，胡适博士是好敌手，或者是很好的朋友。对于另一些人，他是老大哥。人们都觉得他既温和又可爱——甚至他最险恶的仇人也是这样。他并非风流绅士，却具有风流绅士的种种魅力。交际界，尤其是夫人、小姐们，所欣赏的是"有一搭没一搭说些鬼话"的本领，看似区区小节，实则必不可少，在这方面，胡博士是一位老手。

（4）《徐志摩》结尾：

> 有人说在志摩的晚期看到成熟的迹象。如果是这样，他就是死得正是时候。那是神话式的死！死于飞机失事，而且是撞在山上！是诗意的死，结束了儿童的生命：神还能给予凡人比这更好的命运吗？

（5）《辜鸿铭》结尾：

> 一个反叛，可是歌颂君主专制；一个浪漫人物，可是接受儒道为自己的生活哲学；一个唯我独尊的人，可是以留着奴隶标帜的辫子而自豪：是这种矛盾使辜鸿铭成为现代中国最有趣的人物。

文字都不多，所谓轻轻点染。可是分量很重，因为充满智慧和见识。妙在深沉的内容而写得轻松、幽默。

十七篇，篇幅都不长，主要写自己的感触和认识，很少记事实，这也是英国散文大家的传统。评论各式各样的人物，他都能够透过表面，深入内心，一针见血。例如徐志摩，我见过，印象是的确像个诗人，有浪漫气；可是在温先生的眼里，他是个孩子，永远童心，所以他恋爱，他写诗，以至砸碎玻璃，揉碎花。我仔细体会，觉得还是温先生说得对，因为是透过枝叶见到根。对辜鸿铭也是这样，说他的矛盾表现都不是本质，本质是他要反常态，逆众意。温先生写："大家都接受的，他反对。大家都崇拜的，他蔑视。与众不同是他的快乐和骄傲。因为时兴剪辫子，所以他留着。如果别人都有辫子，我敢断定辜鸿铭一定第一个剪去。"这也是透过外表看内心，所以见得深，说得对。

以上谈温源宁，谈的不多，抄的不少，是因为对于温先生，我所知很少，譬如这本书之外，他还有没有其他著作，也是一直不清楚。不过无论如何，能够见到一本总是好事，不然，那就直到今天，我还会以为他只是英语说得好，不通其他，就真是交臂失之了。

杨丙辰

我上北京大学时期，杨丙辰先生像是在校内教德文。可是因为自己不听德文课，对他的印象几乎一点也没有。毕业以后，看到温源宁所著英文本《一知半解》(*Imperfect Understanding*，1935 年上海别发有限公司出版)，其中有一篇谈杨丙辰，说："如果但丁现在还活着并重新写他的《神曲》，他就要为杨先生创造一个新的处所：因为杨先生既不属于天堂，净罪所，地狱，又不属于天堂与地狱之间。"下面解释这样说的理由，是：放在地狱，嫌人太好；放在天堂，嫌人太世间气；所以他属于他自己的王国。这样一位怪人，我自然很感兴趣。说来也可算幸运，后来真就有机会认识了他。

杨先生是通德语的老前辈，翻译德文著作不少，现在记得的还有《费德利克小姐》和《火焰》，都编入商务印书馆的《世界丛书》。他名震文，但名很少用，在学校，在社会，著作，译书，总是用杨丙辰。他生于清光绪二十二年(1896)，按干支说是丙申，为什么不用丙申而用丙辰呢？我没有问过他。他是河南南阳人，据说因为天主教的什么关系，年轻时候留学德国。他朴实，用功，德文造诣不坏。有一次他同我说，他德语会话很好，连德国人听了都表示惊讶。这大概是真的，因为他爽直、诚实，想来不会因夸耀自己而说假话。

我学过一阵德语，长久不问，忘了，因而对于杨先生，所知的零零碎碎都是德语以外的。40年代及其后，我见到他的次数不少，但没有深交，因而所知都只能说是印象。他身材中等，偏于粗壮，面红黑，永远穿一件其中像是还可以装许多东西的深色长袍。看外表，有些像河朔的乡下佬，但又不全像，因为面上多一些沉思气。如果引用小说中的人物相比，那就近于《儒林外史》的马二先生，但也不全像，因为举止少一些拘谨气。这或者就是温源宁觉得无处安放的原因。40年代前期，他在某大学教德文。他资格老，大家都尊重他；但又觉得他迂阔，简直呆头呆脑，惹人发笑。因为觉得他可笑，所以背后就常常流传他的故事。

现在还记得的是有关他和他夫人的关系的。其时他已经年近半百，可是夫人却相当年轻，大概三十左右吧，据说原来是唱京韵大鼓的。他原来有没有夫人，为什么找这样一位年轻的，现在都不记得了。他住在沙滩以南马圈胡同，我去过，见到他的夫人，不但年轻，而且喜欢装饰。这样一来，一堂一室之内，枯藤老树与桃之夭夭并列，就更显得不协调。也许就是因此，在夫人身上，杨先生费尽心思，有时还难免捉襟见肘。大家都见到的是每月领薪金，钱拿到手，端端正正地坐在休息室的一个书桌前，面前摆一张纸片，一面写数字一面把钱分成几份。有人问他这是做什么，他说，怕报假账露了马脚，所以必须先算清楚。问他为什么要报假账，他说，每月要给穷朋友一点钱，夫人知道恐怕不高兴，所以要找些理由瞒哄过去，目的是不惹她生气。他这样解释，郑重其事，听的人禁不住转过身暗笑。

40年代后期起，有十年八年没有看见他。50年代初期，听一位李君说："杨丙辰还是那样不通人情世故，解放战争就要胜利了，他的同乡某人拉他加入什么党派，他觉得无所谓，答应了。解放以后，因此而找不到职业，相当困顿。"这之后三两年，在老北京大学第二院的附近遇见他，问他的境遇，他说，早已搬到景山东面三眼井住，没有固定职业，只是给某处翻译些德文，一个月可以收入几十元，勉强能度日。我想到爱装饰的那位年轻人，仍然安于不协调，一起度日吗？我怀疑，或者说担心，但是有各种顾虑，所以没敢问。

一晃就到了五六十年代之间，获得食物难了，有一天，在景山附近的食品店遇见他，正在排队买高价点心。他看见我，把我拉到一旁，小声说："要设法买这个吃。不能不活着，身体要紧。"我为他态度的恳切而感动，说谢谢他的好意。但是没有照他的善意办，因为家有老小，不能不活着的不只我一个人。

此后就没有再看见他，只从住在他附近的蔡君那里间或听到一点他的情况。总是很简单，不过是，仍然穿肥大的深色长袍，呆头呆脑的。大概是60年代中期，蔡君告诉我，看见杨先生的住处像是有丧事，一问，果然是杨丙辰死了。其时正在"文化大革命"的暴风雨中，我忙乱之余，想到他的朴厚，他的迂阔，心里不免兴起一阵老成凋谢的哀伤。如果这也可以算作悼念，我就以这一点点无声的哀伤来悼念他吧。

顾羡季

1960年9月初，顾羡季先生卒于天津马场道河北大学住所，到现在已经二十年有余了。我总想写一篇纪念文章，也应该写一篇纪念文章。可是风急雨骤，安不下心，又即使写了也不会有地方发表，于是就"沉吟至今"。现在拿笔，当作"琐话"谈谈，变工笔为写意，也许未必合适。但暂时也想不出其他办法；传记之类，已经有刊在《中国文学家辞典》第二册的一篇（我参加起草）；新旧文学作品的释义发微之类，分量太重，我扛不动。不得已，只好舍正路而不由，只说说我自己在交往中的一点点感触。但这也有为难之处，是：谈别人，材料常常有限，唯恐不能成篇；谈顾先生正好相反，材料太多，唯恐一发而不可止。折中之道是大题小作，着重谈谈高文典册中不会记载的。

顾先生名随，字羡季，别署苦水、述堂等，河北省清河县人。他在北京大学是学英语的，毕业正是"五四"时期，自然不能不受五四精神的感染。但更重要的是他有才，富于诗情，在学业方面有探险家那样的好奇心。这多种因素相加之和是多方面的成就都很高。他写新小说，鲁迅先生曾选入《中国新文学大系·小说二集》。他写旧诗，填词，作曲（剧本），单是出版的就为数不少。词比诗写得更多，风格近于北宋早期。曲也写了几种，有一次他同我说："不敢说好，反正韵律担保不错。"可见都不是浅尝，而是钻到里边。字学他的老师沈尹默，简直可以乱真。据我看，是锋芒较少而脂泽较多，正是各有千秋。以上都属于文的一面。但他又是深沉的思想家，文论方面的著作不少且不说；值得惊奇的是他不只熟悉儒、道，还通佛学，尤其是其中最难的禅学。关于禅学，下面还要提及。至于资历，如果不算细账，那就很简单，除了早期教几年中学以外，一生都任大学教授，直到归道山的一天。

顾先生在北京大学国文系任过讲师，也许由于来得较晚吧，我没有听过他的课。推想一定讲得很好，加上人好，学生一定能够深受教益。——也可以说不是推想，因为有人为证。一位是周汝昌先生，同我很熟，每次提到顾先生，他总是既恭敬又感激。另一位是叶嘉莹女士（住加拿大，我没见过），据说也是如此。以下说我亲身经历的。是40年代后期，我主编一种佛学月刊，筹备时期，觉得稿源相当困难，同学李君告诉我，说顾随先生喜欢谈禅，可以找他试试。其时顾先生住在北城前海北岸南官坊口，由他那里往西不远，偏南是辅仁大学，偏北是有人疑为大观园遗址的恭王府。我住后海北岸，走二十分钟可以到顾先生住处，于是就去谒见。顾先生身材较高，秀而雅，虽然年已半百，却一点没有老练世故的样子。我说明来意，他客气接待。稍微谈一会话，我深受感动。他待人，几乎是意外的厚，处处为别人设想，还唯恐别人不满足，受到委屈。关于写稿的事，他谦虚，却完全照请求的答应下来。这之后连续一年多，他写了十二章，成为谈禅的大著《揣籥录》(已收入上海古籍出版社出版的《顾随文集》)。许多人都知道，中国的子部中，禅宗的著作是最难读的，有关禅的种种是最难索解的。我有时这样比喻，子部许多著述同是高妙，可是性质有别：就说《庄子》《荀子》等等吧，像是四大名旦演出，虽然高不可及，却都有个规矩；禅就不然，像是变戏法(新称呼是魔术)，看了也觉得高不可及，却莫明其妙。莫明要使之明，先要自己能明，然后是用文字来表明。在这方面，顾先生的笔下真是神乎技矣，他是用散文，用杂文，用谈家常的形式说了难明之理，难见之境。我们读禅宗语录，都会感到，这些和尚都有个性，赵州是赵州，马祖是马祖；读顾先生的这部大著，这种印象尤其真切，只要一句半句，就知道这是苦水先生，绝不是别人。世间不少明眼人，第一章"小引"一刊出，就引来各方面的赞扬。这其间，顾先生常常生病，可是他的稀有的诚笃使他不能放下笔，每期总是如期交稿。稿用红格纸，毛笔写，二王风格的小楷，连标点也一笔不苟。十二章，六七万字，一次笔误也没有发现。我有时想，像这样的文稿，可以双料利用之：一是给写字不负责的年轻人甚至有些作家看看，使他们知所取法；二是装裱后悬在壁间，当作艺术品欣赏。遗憾的是，第十二章，也是最后一章的"末后句"，文稿交来，因为月刊不能再出版，竟未得与世人相见。直到80年代初，天气变好，风调雨顺，有机会印全集，我才把珍藏的手稿拿出来，凑成完璧。

我主编的佛学月刊，得到许多师友的支援；但由分量重、反响多这方面说，列第一位的是顾先生这一篇。当然，反响中有不少是说难懂的。难懂，是因为顾先生是顺着禅家的路径说禅，或说是在禅堂内说禅。为了化险为夷，顾先生希望我也写一篇，在禅堂外说禅。我很惭愧，学力差，又冗务多，一直拖到50年代初，才勉强凑成一篇，名"传心与破执"，请顾先生看。顾先生还是那样宽厚，没有打叉子，反而写了奖掖的跋语，后来一齐发表于1953年11月号《现代佛学》。

其时顾先生已经迁到天津，任河北大学中文系教授，住在马场道校内一座楼的下层。我有时到天津去，一定去看他。房子很大，靠南窗的大书案上，除书以外，总是摆着端砚之类的小古董。他说，到天津以后，在北京逛小市买小玩意儿那种乐趣没有了，现在偶有所获，都是他女婿曹君送来的。因为我也喜欢逛小市，买小玩意儿，所以他总是把他的新收获一样一样拿给我看。仍是像过去那样关心人，详细问我的境遇。也说他自己，说身体一直不好，背痛，简直干不了什么。

我觉得可惜，像这样一个人，竟不让他有个好身体。我说"像这样一个人"，意思是"罕见"，是"好"的方面的罕见。就学问说，他是集庾信与颜之推于一身。古语提到文人，有时说文人无行。顾先生正好相反，是义人而有高尚的品德。他精通诸子百家，可是用

"道"只是待己；待人永远是儒家的"己欲立而立人，己欲达而达人"加释家的"发大慈悲心，度一切众生"。此外还要加上，他心道学而情不道学，所以能够典重而有风趣，写出那么多缠绵悱恻的诗词曲。我说这些好像是在作颂辞，其实我只是想说说自己的心境：因为他为人这样好，学术成就这样高，我常常是想减少一些因怀念而生的怅惘，但做不到。

由怀念自然会想到他的手泽。这可以分作两期：前期是在北京时期，后期是在天津时期。前期都是赠书，共八册，多数是诗词曲的集子。其中两册封面上有题诗，行书劲健流丽，可入妙品。诗不见于《苦水诗存》。一首是七绝，题在《苦水诗存》和《留春词》合册前，诗曰：

禅月空明息世尘　　吾衰已久竟谁陈
当前哀乐要须遣　　论定千秋自有人

一首是五律，题在《苦水作剧三种》前，诗曰：

未可成新梦　　凭教觅旧心
清清零露坠　　唧唧夜虫吟
诗思入中晚　　生涯一古今
博山烟缕缕　　帐底自升沉

这样的诗，这样的字，我每次看到，就禁不住陷入凝思。思什么？引顾先生笔下常见的一句话，不可说，不可说。

到50年代，我颇想集些前辈的手迹，当然不能放过顾先生，于是寄天津四张影印古籍宣笺，请他写。不久寄还，信中说："素不喜用宣纸作字，章草所写《心经》似尚可看，自书劣诗殊要不得。……不佞自去岁病起，曾立誓不以诗文字三者应酬朋友，今兹为吾道兄破例矣。呵呵。"所说诗是五古两首，题目是"癸巳（案为1953年）寒食日用苏东坡黄州寒食诗韵"，诗曰：

三年病垂死，今兹佳眠食。

周命方维新，着意自爱惜。

相看两白头，静好鼓琴瑟。

细雨洒春城，山中乃飞雪。

柳垂风有姿，桃开寒无力。

朝来水边行，西山头更白。

二月已清明，余寒势渐已。

高柳覆丛篁，一庵大城里。

西州花已繁，明湖茁新苇。

友朋与弟昆，妙词书茧纸。

黝云隔影形，天涯若邻里。

长吟动肺肝，既卧再三起。

诗雅字美，尤其可珍重的是皆如其人。而万幸，经过"文革"的大暴风雨，火化的什物不少，这件却安然地闯过来。

然而可惜的是在更重要的方面，听说，印顾先生全集，有不少可收应收的却再也找不到。这是因为顾先生虽已作古，学术权威的称号是大家公认的；而在十年动乱中，学术权威当然是反动的，所以仍须清算。这一清算，纸灰飞作白蝴蝶，飞了就不会再回来。又，听周汝昌先生说，他原来保存不少顾先生著作，某先生借去看看，竟也一去不复返。剩下的，收入全集的，还能有多少呢？每想到这件事，总不免有人琴俱亡之痛。

周叔迦

我同周叔迦先生有多年交往，"文化大革命"的暴风雨中断了音信。有时遇见与佛教界有关的人，我总是探听他的消息。多数答不知道；只有一次，说是在西四丁字街居士林团煤球，一起劳动的还有巨赞法师等。其时我正在同一些也是半老朽的人清扫院落，自然不敢起看看他的念头，但知道他还在世，也就勉强安心了。时间过得也慢也快，我南北、城乡流转，一晃就到了70年代中期，风雨渐停，我还探听他的消息。这次很确实，是70年代前期作古了。他的年龄与公元后两个数字相同，总算超过古稀了。

周先生的出身，说是"世家"还不够确切，应该说是"富家"。他父亲周学熙，北洋政府时期是财阀，并经营新时代的实业，最出名的是唐山启新洋灰公司。手中有钱，人人会从其所好。且说周先生这一辈，他老兄周叔弢是走绛云楼、海源阁那条路，搜罗善本书籍。周先生却相当怪，公子王孙，偏偏不声色狗马，而走入佛学。

30年代初，我上北京大学时期，周先生是哲学系的讲师。其时我在故纸堆中翻腾，范围还限于本土的正宗，所以没有去听周先生的课，不知道他讲些什么。离开北京大学以后，一阵心理的风把我吹到儒家的圣贤以外，我暂时放下司空图而念柏拉图，放下四书五经而念《六祖坛经》。这其间我还编过一种佛学月刊，于是同周先生的交往就多起来。日久天长，了解也就多起来。他为人严谨谦和，生活朴素，待人诚而敬，总是唯恐别人疑为怠慢的样子。佛学造诣很深，知识博不稀奇，可贵的是能信，也就是并非"文字般若"。著作不少，秦火之余，我还存有《虫叶集》和《因明新例》两种。

学佛，能信，好不好？这个问题很复杂。大致说包括两个性质不同的方面：一是所信的价值如何，二是能信的价值如何。前一个问题又是很复杂。这里可以大题小作，佛教教义之本是求解脱，尤其大乘，还要度人。这由现在看，都过于幻想。但也不能说毫无理想成分。单就这理想的一点点说，纵使未必可能，却不能说是坏。后一个问题简单得多，只要所信是出自诚心，出自好心，而又不用暴力侵害别人的福利，真信并力行之当然是对的。周先生就是真信而能行。在佛教界，他是有名的檀越，为佛教事业花了大量的钱，例如设在北京北城瑞应寺的中国佛教学院，图书馆里很多书都是他捐赠的。

他没有出家，所以佛教界通称为周居士。是50年代前期，《现代佛学》月刊改制，旧新交替之际，在北京王府井大街森隆饭庄吃一桌纪念餐，周先生和我都以编委身分参加了。森隆是有名的餐馆，能做中西餐、荤素菜，素菜尤其出色。这一次因为人兼僧俗，所以菜兼荤素。我注意座上客的表现，有的出家人喝了酒，也吃了荤菜；周先生却严守优婆塞的戒律，既不喝酒，又不吃荤。席散后我想，周居士名实相符，可算是真信；至于有些人，那就是自郐以下了。

还有一件小事，不只可以说明周先生的"信"，还可以说明周先生的"受"，这所谓受是得受用。周先生不爱货财，不聚珍异，这是佛学看世事的眼在生活中起了作用。周先生有个侄子，是某大学的教授，好古董，尤其爱古砚，不惜用重价搜罗。有一次，周先生同我闲谈，提到他侄子藏古砚的事，他说："玩古董玩到我侄儿那样算是最高了。"我以为周先生是推崇他侄子的眼力，赶紧问其底细。周先生说："他不久前来北京，下车就往琉璃厂逛古董铺，遇见一方很久无人问津的端砚，他看是宋砚，买了。很得意，装在书包里，见谁向谁夸耀。可是看见的人都说是假的。我侄儿一点不泄气，说一定是真的。你想，玩古董，能够自己骗自己，得到满足，真假又有什么关系？这不是最高了吗？"显然，这笑谈是出自佛理，即所谓"境由心造"。

谈到这里，我觉得很惭愧，因为我也有砚癖，却未能以境由心造之理，破真真假假之惑，这是过宝山而空手回了。——勉强说有所得，是由周先生的督促而写了一本小书。那是50年代后期，锡兰（即后来的斯里兰卡）百科全书的中国佛教部分委托中国佛教协会选题组稿，题目中有一条"佛教与中国文学"，没有人写，周先生来找我，用半命令的口气说，愿意写也得写，不愿意写也得写。我只好遵命，问要求，说要充畅，多到几万字也无妨。于是我以几个月之力，写了五万字，交稿。不知道是周先生记错了还是计划改变了，审稿人嫌字数太多，不能容纳。因为无心改，稿一直放在存旧物的柜子里，到80年代，出版事业大发展，才想起它，拿出来出版了。可惜不能送请周先生指教，更谈不到请他写序文了。

又是一晃，周先生下世十年左右了。我常常想起老一辈的高风，就说末节的所谓礼尚往来吧，周先生是老师行辈，本来可以减少一些谦恭客气，可是不然，例如春节，你只要去贺年，他一定来回拜。他住在西城，距我住的北城相当远，我很不安，可是又没有其他阻拦的办法，后来只好以"无礼"破"多礼"，索性不去贺年。这之后，尤其我迁到西郊之后，门前就不再有长者车辙，这使我常常不免有幻灭的悲哀。

魏建功

　　魏建功先生是同北京大学生死与共的人物，1925年中国语言文学系毕业，因为功课好，音韵方面成就大，不久就到学校教书，做研究工作，直到80年代初作古，一直是北京大学的名教授。他的特长是音韵，30年代中期写成《古音系研究》，总结过去的，提出自己的，使这方面的门内汉也深为叹服。在旧学方面，通晓的当然不是这样窄，可以想见，不必多说。他是江苏如皋人，就地理说属于江北佬的一群，可是外貌比江南人更江南，清秀白净，给人的印象是十足的文弱书生。他似乎并不是出身于钟鸣鼎食的旧家。我有个上海朋友李君，也是如皋人，同魏先生是亲戚，说当年在经济方面还支援过魏先生。他聪明，努力，很早在学术界就露了头角。

　　30年代初，我上北京大学时期，魏先生是副教授，担任音韵方面的课。我对音韵学兴趣不大，只记得听过钱玄同先生一年中国音韵沿革，想法是获得一点概括的知识就够了。魏先生的课，像是只旁听过一两次，觉得不像钱先生讲的那样条理清楚，浅明易解。总之是没有从他的深厚的学识里拿来什么。

50年代前期，他在新华辞书社主持编《新华字典》，因为某种工作关系，一部分稿子送给我看，我们的交往多起来。对于魏先生的专长，因为我站在数彻的墙外，自然"不得其门而入，不见宗庙之美，百官之富"。我看清楚的是他的为人，谦逊、谨慎、勤勉，如果我不是北京大学出身，简直不知道他就是古音专家魏建功先生。

谦逊、谨慎的品质，还可以更明显地从他同钱玄同先生的关系上看出来。钱先生是1939年1月在北京去世的，其后，魏先生把所存钱先生给他的信影印成一本，作为尊师的纪念。钱先生很尊重他，信的上款总是称"兄"，或称"天公"（魏先生字天行）。可是魏先生一贯是规规矩矩执弟子礼，影印本封面写"钱玄同先生遗墨"，扉页写：

先师吴兴钱玄同先生手札

　　弟子魏建功敬藏

字是自己手写，也是紧随老师的路子，隶书而掺一点写经体。说起字，钱先生继承邓石如以来的传统，用北碑的笔意写行草，飘洒流利；有时工整，用隶笔而更像北朝的写经：功力都很深。魏先生是隶意多于写经，更刚劲锋利，可谓青出于蓝。

70年代前期，我移到西郊北京大学住，与魏先生可算近邻了。可是他住燕南园，在学校南部，我住朗润园，在学校东北部，还离有步行二十几分钟的路程，又想到他很忙，不便打搅，就没有去看他。

可巧，有个什么编写的组织在我的住所旁边，请他当顾问，本来不要求他来，他却常常来，所以又见面了。他仍是那样清秀白净，口部没有一根须。每天上午近九时，常看见他背着个学生用的绿布书包，从我的窗外走过去。如果不说，谁也想不到他就是《古音系研究》的作者魏建功先生。

70年代晚期，他身体不好，大多是闭门家居了。我有时候去看他，他谦逊一如既往，又加上诚心诚意的很热情。我想，这大概是因为我使他想到旧北大，以至红楼的种种。他的情况很不省心，夫人王碧书瘫痪，要坐着残疾人车才能到廊下晒晒太阳；他小便失禁，上床卧下，要联缀个接尿袋，很不方便。其时家里没有保姆，我说应该赶紧请一位，他说很不容易，只好自己费些力，过一过再说。

因为他病了，我去的次数多些。他总是谈家常，问寒暖，向来不谈学问，这自然是过于谦逊的必然结果。有一次谈到钱玄同先生，我说我还保存着他影印的钱先生的遗墨，问他还记得否。他说，原信就在抽屉里，我如果想要，可以选一两份，不久前北大旧同学吴君来，已经拿走一些。说着，他拉开抽屉，把钱先生信的粘贴本拿出来，还有十几份。我挑了一份，是民国二十年（1931）八月二十九日所写，内容是通知魏先生，北大决定请他担任研究所的职务，月薪二百八十元，时间自八月起云云。钱先生还是那样幽默，如"马"字用甲骨体，画成象形的马。我读过钱先生文学革命时期的一些文章，对他的学问、见识，尤其嬉笑怒骂的笔调非常钦佩。叮是他的手迹，因为早年想不到收集、保存，一直只有偶尔买到的叶德辉《消夏百一诗》封皮上的五个隶字，这次得到一封信，行草很精，内容又涉笔成趣，可谓正好补足了缺陷。不过回来的路上，想到桑榆晚景，"及身散之"的冷落情怀，心里也不免一阵凄凉。

过些时候，忽然想到还没有魏先生的手迹，于是送去一张宣纸。魏先生接过去，微笑着放在书桌上。大概隔了两三个月，忽然传来消息，说他听什么人说，他的病，动手术很容易治好，于是他自己到医院，动了手术，两天之内很好，他很高兴，第三天忽然恶化，发高烧，抢救无效，去世了。真是意外！过几天开追悼会，我去了，只从照片上又见他一次。听说还瞒着他的夫人王碧书，我当然不便再去；至于送去的宣纸写没写，就更不好问了。

废名

　　废名是别号。取义的可能性有三：一是放弃姓名之名，二是放弃声名之名，三是既放弃姓名之名又放弃声名之名。所取究竟为哪一种，可惜我没有问他，时至今日，他作古已经近二十年，只得存疑了。他有姓名之名，是冯文炳。也不少声名之名，20年代和30年代写了不少小说，出版的有《竹林的故事》《桃园》《枣》《桥》《莫须有先生传》几种。他是苦雨斋（周作人）四弟子之一（其他三人为江绍原、俞平伯、沈启无），所以作品多有苦雨斋的序。这几部小说我都读过，印象深的是后两种。他是以散文诗的笔调写小说，情节显得平淡零散，可是常常在细碎寻常处宛转回荡，引人思索吟味。这种独特的风格，苦雨斋像是很欣赏，所以在《莫须有先生传》的序文里引《庄子·齐物论》"夫大块噫气，其名为风……"一段，结论说："（废名的文章）是文生情，也因为这样所以这文生情异于作古文者之作古文，而是从新的散文中间变化出来的一种新格式。"鲁迅先生也有类似的看法，在《中国新文学大系·小说二集·导言》里说他文章的特点是"有意低徊"，"顾影自怜"。描摹外貌相同，评价似乎偏于贬，至少是折中，因为顾影自怜多少有造作的意味，文生情就不然，是行乎不得不行，止乎不得不止。

我在北京大学上学时期，废名是青年教师，教的是散文习作。其时我正对故纸有兴趣，没有听他的课，好像连人也没见过。30年代后期，北京沦陷，废名回湖北黄梅老家，以教中小学为业。到40年代。由苦雨斋的文章里知道，早在北京大学任教时期，他已经走上近于弘一法师的路，由文学而趋向道学；所不同者，弘一法师是单一的佛，他是儒释道混合。他先是住在地安门内的民居，有妻有子，却忽然把妻子打发回去，自己搬到雍和宫去住。直到这时候我还不认识废名，根据间接材料，推断他必是好沉思的人，小说文笔的低徊是这种性格的间接表现，进雍和宫，想著论反驳熊十力先生的《新唯识论》是这种性格的直接表现。

40年代后期，北京大学回到沙滩老窝，废名和熊十力先生都住在红楼后面的平房里，我因为常到熊先生那里去，渐渐同废名熟了。他身材高大，确如苦雨斋所形容，"貌奇古，其额如螳螂，声音苍哑"，"眉棱骨奇高，是最特别处"——这是外貌，其实最特别处还是心理状态。他最认真，最自信。因为认真，所以想彻悟，就是任何事物都想明其究竟。又因为自信，所以总认为自己已经明其究竟，凡是与自己所思不合者必是错误。我在上面说他是三教混合，他自己像是认为根本是释家。我在别处说过，他同熊十力先生争论，说自己无误，举证是自己代表佛，所以反驳他就是谤佛。这由我这少信的人看来是颇为可笑的，可是看到他那种认真至于虔诚的样子，也就只好以沉默和微笑了之。其时我正编一种佛学期刊，对于这位自信代表佛的作家，当然要请写一点什么。他慨然应允，写了《孟子的性善与程子的格物》《佛教有宗说因果》《体与用》等文。这其间，他有时到我家里来。在日常交往中，他重礼，常常近于执，使人不禁想到易箦的曾子和结缨的子路。

他在北京大学是学英文的，用力读莎士比亚。其后一转而搞新文学，再转而搞旧文学；搞旧文学，特别喜欢李义山，这都是沿着"情"的一条路走。由情而"理"，一个大转弯，转到天命之谓性和般若波罗蜜多，这看似奇怪，其实，至少我想，还是决定于他的性之所近。性是什么？是惯于坚信。我推想，他大概不念古希腊怀疑学派的言论，或者近一些，不念法国笛卡儿，或者再近一些，不念英国罗素（曾著《怀疑论集》），如果念，也许不至这样坚信吧？但也未必如此，因为这有如入店买物，主要决定于需要，买油的人不买醋，买醋的人不买油。话似乎扯远了，且说临近的，他那时候带着个七八岁的儿子一起生活，儿子的手指生了结核，他专用偏方治疗，因为"坚信"一些荒诞神异的传说。我劝他还是到医院去，他表示感谢，但是说偏方一定可以治愈，用不着上医院。

50年代，北京大学大变革，总的，迁居，零的，改组，他到东北长春某大学去任教。君向潇湘我向秦，音问断了。其后，由也在该校任教的同学黄君那里听到他一点点消息，说是研究唐诗和鲁迅，并有《跟青年谈鲁迅》的著作出版。又过些时候，听说他眼坏了，读和写，要映在向阳的玻璃上。到60年代后期，人人在洪水中挣扎，自顾不暇，偶尔听到一些传闻，有的是已经作古，有的是还在长春，也就没有考实的余裕了。

直到70年代，才知道他确是已经作古，时间是1967年。多年不见，他又转回老路，搞文学，还坚信自己代表佛吗？他是黄梅人，产于禅宗五祖弘忍传法之地，辞世之时也许能够心如止水吧？说心里话，对于他的坚信我是不能同意，但对他的认真而至于执，一生走反玩世不恭的路，我总是怀有敬意。凑巧，日前收拾旧物，发现他写给我的两封信，其中之一是答我家请他和他儿子来过旧新年的，文曰："手书读悉。承小朋友约小朋友过年，小朋友云过年不来，来拜年也。专此拜年。废名。二月九日。"风格还是低徊一路，真挚的情怀隐约于文字间，睹物思人，不免有人琴之戚。

孙以悌

谈及北京大学旧事，常常想到孙以悌。他是文学院史学系学生，安徽寿县（旧寿州）人，据说是光绪二十四年（1898）初立京师大学堂（北京大学前身），任管学大臣，吏部尚书孙家鼐的族孙。可能是民国十九年（1930）入学，那就应该在1934年暑期毕业。

大概是1934年春夏之交吧，平静的学校忽然起个不小的波浪，说有个学生自杀了，是史学系的学生孙以悌。自杀的实况扑朔迷离。经过是这样：本来离毕业考试不远了，他忽然决定回老家，行李都带着，到天津乘轮船，开船之后，路上发见他的行李在船上，人却没有了，推想是在渤海湾中跳海了。

一个青年人自杀，不是什么奇怪事，理想与现实距离太远，多数人能忍，可以敷衍过去，少数人不能忍，只得以逃离现世了之。逃离，是怯懦的表现还是刚强的表现呢？情况万变，看法不同，很难说。因此，起初我简直是不以为意。后来，我的心境大变，是因为陆续听到不少关于他的传说。传说大致可以分为两类，一类是关于学术造诣的，一类是关于生活态度的。

关于学术造诣的是以下这些：他读书很多，学问渊博。据同他接近的同学说，他像是并不怎么刻苦钻研，有时随意翻翻书，几乎都是不常见的；靠后一段时间，最常看的是佛经，他著作很多，也是超出平常的路子，如曾写《中国书法小史》《中国围棋小史》等，可惜大部分在离开学校之前烧了。他精通旧学，有些同学写论文，常请他到图书馆协助，碰到某个问题，问他，他不假思索就告诉可以查什么书，简直是个活书库。有一次，几个治古史的同学请他给讲讲古代历法，他说这三言两语讲不清楚，可以给他们写一点，于是就写成一本书，名《三统术便蒙》。他的著作，史学系名教授蒙文通（经学大师廖平弟子）看到一些，说自己很惭愧，面对这样的通人而自己视而不见，实在后悔莫及。

关于生活态度的是以下这些：他温雅，谦逊，对同学很和善，总是彬彬君子的样子。他朴素，向来不讲究享受，不修饰外貌，举止稳重，简直是颜回式的书生。相当长一段时间，他沉默，有时近于忧郁，有些同学同他谈起考史之类的学问，他总是说："这是小节，无足轻重，人应该以众生为念。"

总之，少半由于他的人生观，多半由于他的学问，他的失踪成了学校的一件大事。人们经常提到他：有的为他学问的精深渊博慨叹，有的为他的悲观消极慨叹，看法不同，殊途同归，都认为太可惜了。

大量惋惜的心情促成纪念活动。办法有二。一是集会以表示悼念，记得时间是1934年暑后。讲话的人不少，只记得钱宾四（穆）

的主旨是，无论学术造诣如何高，没有正确的人生观还是不成。这评论是立足于"积极"，推想听到的人多数会同意。至于死者，如果他还有知，能听到，会不会同意，那就是另一回事了。纪念办法之二是在《史学论丛》（史学系所编）第一册上发表他的遗著《中国书法小史》和纪念文章，并在开头登他的照片。

直到看见照片，我才认出，原来他就是学校第三院宿舍，地下洗脸室里常常遇见的，光头穿灰布大褂态度安详的那个同学。我也感到惭愧，像蒙文通一样，自恨有眼不识泰山。他的《中国书法小史》，我读了，内容广博而精炼且不说，专说行文，现在还记得，讲到邓石如，写"怀宁一老，实丁斯会"，完全是六朝格调，值得反复吟诵。这《史学论丛》第一册，我一直当作善本保存着，然而不幸，在七七事变的战火中丧失了。以后很多年，我过旧书店，总想买到一本，再吟诵他那六朝格调，可是终于事与愿违，丧失的真就不再来了。

其实，我有时怀念他，更多想到的常常是他的人生态度。"应该以众生为念"是宗教情怀，这对不对？正确的答复，或者说，使人人都满意的答复是没有的。世俗的，委婉一些说是多数人的，处理办法是行而不思，比如到月盛斋买酱羊肉，并不问羊是否愿意舍己为"人"。折中的办法是孟子的，是思（闻其声不忍食其肉）与行（远庖厨）各不相扰。孙以悌，如果真是死于忧郁，想来是不安于折中的，也就是不得已而行向思让了步。他大概真是死了，众生自然不会由于他的死而得到什么好处，那么，他留给人间的还有什么呢？我个人想，如果有，那就应该是，忠于自己的所思这点呆气，纵使对于他的所思我们未必能同意。

70年代初期，我的朋友曹君患重病住院，我去看他，他告诉我，听说叶恭绰老先生已经下世，遗愿葬在南京中山陵仰止亭旁，仰止亭是叶老捐建的，所以遗愿获得批准。曹君经我介绍，50年代初曾帮助叶老整理《五代十国文辑》，所以同叶老也相当熟。遗体入中山陵的传说不知是否真实，1976年春天我游中山陵，曾注意寻找，竟连仰止亭也没找到。这亭是有的，在影印的《遐庵书画集》中我见过匾额；至于遗体是否葬在那里，那就待考了。

直到1980年2月29日，报上登了补开追悼会的消息，我才知道下世的实况是："受林彪、'四人帮'极左路线迫害，于1968年8月6日在北京逝世，终年八十八岁。"悼词对他的总评价是"有民族气节的爱国者"，这使我想起不少旧事。

叶老字誉虎，号遐庵，广东番禺人。生于清光绪六年（1880），比鲁迅先生还大一岁。也许可以算作得天独厚吧，身材不高而清秀，聪明过人。年轻时候就有大名和高位。他一次同我说，清末，盛宣怀任邮传部尚书，让他任某厅的长官，有人曾以此为理由参了盛一本，因为他才二十多岁，分明是任用私人。入民国以后，他多年追随孙中山先生，曾任大元帅府的财政部长。北洋政府时期他成为政界第一流要人，交通系的首领，曾出任各部的总长，并多次同外国打交道，有些条约是他签字的。

可贵的是他不同于一般的政客，心目中只有权和利。他还用相当多的力量从事于"文"或"艺文"。他能诗能文，能书能画。已出版的著作，我见到的有《遯庵汇稿》《广箧中词》《遯庵谈艺录》等。谈到书法，大家都知道，他不是一般的写得好，而是有独特风格的书法家。他的字集刚劲、厚重、奔放于一体，50年代之后，胜朝遗老凋谢殆尽，驰名书坛的有两位，一位就是他，另一位是沈尹默。关于画，他同我说，很晚才学，先画竹，起初扦格滞碍，不久就顺手了。他不是画家，路子窄，只画竹子、兰草之类。可是画竹造诣很高，名声很大，据他说，花银圆时期，一幅曾卖五百元。

他的广泛兴趣是整理、欣赏、收藏文物（包括图书）。在这方面，他的经历和收获几乎是说不尽的。他送给我一本八开大、宣纸印的《淮海长短句》，是他根据两种宋本影印的。他还辑过清代学者画像，影印成书，名《清代学者象传》，像这种集若干家藏于一书的工作，没有广泛的艺文界的社交关系是做不到的。他同我说，他还辑过石刻拓片，数量太多，可以装满两麻袋，因为自己无力整理，都送给江南某寺的和尚了。说到收藏，他更是大家，60年代印的《遯庵谈艺录》里写了一些，凡是到故宫绘画馆看过展出的也会看到一些。与

《红楼梦》研究有关的《楝亭图》是他收藏的；王冈画的据说是曹雪芹的小像卷，只有他见过原物，而且写过题跋。这里说说他同我谈的两件，以证他的收藏之富。一次他说到毛公鼎（解放前是三大重器之一，另两件是散氏盘和齐侯钟），山东陈簠斋家说想卖，他介绍公家收。经办人怕万一不是真的，他觉得很可笑，赌气自己买了，价钱是银圆十万。又一次，谈到宣德炉，他说，有个时期他收集，共得四百多，摆在上海寓所一个客厅里，后来日本人整他，他心烦，都以贱价让给一个朋友。

解放前他住在香港，于1950年来北京，住在东城芳嘉园，不久迁到东四以南往东的灯草胡同。他也喜欢佛学，热心佛学事业。其时由陈铭枢、巨赞、周叔迦等出面，集合与佛教佛学有关的人士，筹划出期刊《现代佛学》，叶老和我都在被邀之列，所以我们很快熟识了。又因为还有些其他事情，我们常常见面。我的印象：他的最大的特点是有才；才的附带物是不甘寂寞；稀有的经历深深地印在言谈举止中，具体说是，文气古气之中还带有时多时少的官气。关于才和不甘寂寞，评价不很容易，以下只说说亲见亲闻。

先说他的大成就，书法。我曾问他练习书法的情况，他说他不是客气，确是没下过什么大功夫。据我所知，沈尹默先生就不是这样，而是由少至老，日日不间断。再说诗文。40年代，我买到严元照的字卷，因为落款下有两方张秋月的图章，觉得颇有意思，于是请叶老在引首上题几个字。过几天，我去取，他说，觉得只题引首没什么意思，所以后面又题了两首绝句，随笔写，没有起草，当然不好。我看看，字和诗都很好。诗是：

> 韵事流传画扇诗　　芳椒声价重当时
> 银钩写出氿波体　　合配钤章倒好嬉
> 雅言佳著署娱亲　　小印绸缪玉篆新
> 博得芳名垂略录　　闺襜应羡掌书人

以下题：

> 倒好嬉印乃赵松雪夫妇故事。余昔年曾见《娱亲雅言》
> 稿本，亦有香修小印。遐翁叶恭绰。

有才的另一种表现是记忆力好。上面题跋中提到不少故典，都记忆犹新，就是一证。他是文物专家，提到这方面的情况，无论人，无论事，无论物，都是巨细不遗，如数家珍。他初来北京比较闲，我去看他，他常常谈及民初的政场大事，也是人、时、地，都清清楚楚。比如一次谈到二十一条，他说实际情况并不像流传的那样。于是谈到英国公使居尔典，谈到预备太子袁克定，等等。我听听，这些都是他亲历的，确是比较近真。有一次，我劝他把这些有关历史的第一手材料记下来，说这比其他工作似乎更有意义。他同意我的意见，可是慨叹精力已经不够，找助手也难得其人。

这就要转到说上面提及的第二点印象，不甘寂寞。我有时想，他不写这些，主要还不是因为精力不够，而是对社会活动更有兴趣，比如他陆续担任了很多工作，得了很多头衔，政协，文史馆，文化教育，文字改革，佛教，画院，等等，都有他。他还勤勉，不是述而不作，比如文字改革，他热心参与制定方案的细节；佛学，我代编《现代佛学》的时期，他常常送来文章。此外，他应酬当然很多，旧相识，新相识，不少人会求他写，画，他似乎都不拒绝。

不甘寂寞，对他自己说，有好处，是换来不寂寞，在家有客来，出门有事做，而且报上常见自己的名字。但也带来不小的麻烦，是1957年，整风时期，听说因为任北京中国画院院长的关系，被戴上"右派"的帽子。其时他已经年近八十，指定地点去劳动的危险没有了，也许不免于受批判吧？这之后，推想只好闭门思过，甘于寂寞了。如果想听他谈些掌故，求他写字作画，确是个好机会，只是很少人敢这样不划清界限。吾从众，也就很久没去看他。

以上拉杂地谈了许多琐事，剩下一项重要的还没说，是悼词中说的"民族气节""爱国"。我想这是指他多年以来不同祸国害民的势力合作。在日本侵略中国时期，他说，为了毛公鼎，他住过监狱，详情怎样我不知道，总之是他没有走洪承畴一条路。他有时谈起他的政场经历，总是表示他是孙中山先生的人，这可以证明他一贯是"大事聪明"。大事聪明，零零碎碎的也必致做些正事。在这方面，没听他谈过什么，我可以给他补充一件。这是1933年编的《国立北京大学校史略》中记载的："（民国）十六年（1927）六月，张作霖自称大元帅于北京，以刘哲为教育总长。……哲闻我校研究所国学门收藏文物甚富，即欲移置分散，而撤消此门。主任沈兼士以多年心血势将堕于一旦，疾首痛心，彷徨无计。时旧同学仕学馆毕业生叶恭绰方致仕居北京，闻其事，愿任保护之责。以哲曾为其下僚，即使人往告哲：'我愿主持斯局。'哲不得不应。遂更其名为国学研究馆，直隶所谓京师大学校，而以恭绰为馆长。然非哲所始愿，故靳其经费，月所给仅五百元。恭绰任维护之责近一年，费所不足，则出私囊以补之。馆中文物之得免于散失，恭绰之力也。"

关于气节，又想起一件事。很久以前我就喜欢他的字，同他熟了，当然想求他写一些。其时他还不忙，客厅一角一个大书桌上堆许多宣纸，其中有些是已经写了画了的，让我挑。我拿了几件，有画有字。画都是竹子，其中一幅风竹很精。字有一直幅，是写他自己的述志诗，词句是：

历劫空存不坏身　　廿年恒避庾公尘
未曾饿死还全节　　也算堂堂地做人

　　　　　　　　　　1953年元旦试笔

以下用较小的字写长跋：

98

宋人所谓饿死事小，失节事大，颇为近人诟病。余意此指是非善恶，且括男女而言，非专说女为男守节也。又宋人云，纵使饿死，也须还我堂堂地做人，自是不刊之论。余少所服膺，今七十三矣，守此以没，其庶几乎？遐翁。

守此以没，即使这只是说说，也总是"老骥伏枥"吧？

1957年之后，听说不很久，幸而摘掉"右派"的帽子，记得在什么报上还见过他的诗。那年月，生活以谨慎为上，我终于没有再去看他。又不久，"文化大革命"来了，昔日的高官，大收藏家，摘帽"右派"，推想不会不抄家吧？追悼会的悼词证明，遭受恐怕比抄家还厉害。但过了一纪，终于开了隆重的追悼会，想来他如果有知，也可以平静地安息了。

张
伯
驹

　　历史上有不少人物，一生经历变化大，如果先繁华而后冷落，他
自己有何感触不能确知，也许热泪多于冷笑。在旁人看来却有些意
思，因为带有传奇性。这样的人物有大有小。小的，不见经传，都随
着时间消逝了。大的，见经传，为人所熟知的也颇不少。这可以高至
皇帝，远的如宋徽宗，近的如爱新觉罗·溥仪；稍降有王侯，远的如
长安门外种瓜的那位东陵侯，近的如一度很穷困的载涛。再向下降，
在锦绣堆中长大，由富厚而渐趋没落的，自然为数更多。这样的一大
群中，有不少也是有些意思，甚至很有意思。很有意思的数目比较
少，最典型的恐怕是曹雪芹，遗著影响之大且不说，连他是否续娶过
寡妇表妹也使不少患"红病"的人神魂颠倒。曹雪芹是千载难逢的人
物；等而下之，有些意思的是代代有，时时有，如我有时想到的张伯
驹就是其中的一个。

　　我最初知道张伯驹是由于对古书画有兴趣。我的一位相识杨君，
天津人，30年代中期曾为张伯驹编书画目录，据说收藏很了不起，如
可称为国宝的陆机《平复帖》、李白《上阳台》、杜牧《张好好诗》

等都在他手里。这个编目的油印本，后来我在某书店见到一次，因为当时匆忙，只大致翻翻，现在连封面标什么名字都不记得了。解放以后，《平复帖》等名迹都归故宫，曾多次在绘画馆中展出，想来是他识大体，主动献的。也可以想到，剩余的数量一定还不少，其中当然还有很名贵的。比如50年代后期北京中国书法研究社曾在北海举办一次明清法书展览，征集的展品有些是张伯驹的，其中《栋亭图》和《紫云出浴图》两个手卷，图后有林古度、冒襄、余怀、尤侗、毛奇龄、姜宸英、宋荦、纳兰成德等人的题跋，看展出的人都认为很难得。还记得60年代前期在故宫文华殿举办曹雪芹逝世二百周年纪念展览，展品中有一幅清代贵妇人图，便服，掀帘露全身，大小如真人，娇柔似乎弱不禁风，也是张伯驹收藏的。

收藏多而精，要有钱，还要有玩古董的知识。张伯驹是河南人，袁世凯时期大官僚张镇芳的儿子。他在社会上活动，头衔和地位是盐业银行董事长，这"资本"显然是从他爸爸那里获得的。有意思的是他不只玩古董，还有不少其他雅兴。他喜好围棋，我的邻人崔云趾（围棋三段，晚年评四段）教他许多年，据说造诣不高，距离初段还有一大段路。他也喜好京剧，学老生，唱得不怎么样，音量太小，可是老师很了不起，是鼎鼎大名的余派创始人余叔岩。他还喜好古琴，弹得怎样，有没有名师，我都不清楚。以上几种是传统思想视为"玩物丧志"的。其实正宗的，他兴趣也不低。他喜好书法，常写。字我见过，面貌清秀，只是筋骨少，过于纤弱。下款总是署丛碧，这是他的别号。他能填词，我像是在谁的书房里见过他的词集，确切情况想不起来了。他还能作诗，我的友人蔡君告诉我说，曾见一本《洪宪纪事诗》，后部续诗是张伯驹作的。总之他是个出于锦绣堆中而并不完全声色狗马的人物。

他是否能画，因为没见过，不知道。但他的夫人（或原是如夫人）潘素能画。这位女士，有人说是清末大名人苏州潘祖荫的女孙，青春时期流落武汉，后归张伯驹，学画，到晚年成为名家。她的画我见过两幅，都是山水，设色偏于浓艳，只是笔力还不够苍劲流利。女画家笔下多半如此，也就不必求全责备了。

张伯驹多方面有兴趣，也必致多方面有牵连。这使他有所得，也有所失。一种大的所失是1957年整风时期，不知因为说了什么话，头上戴了"右派"的帽子。有了这顶帽子照例要受批判。也是蔡君告诉我，一次是戏剧界开会批判张伯驹，他参加了。戏剧界的大名人几乎都来了，陆续起立发言，张坐着，低头用笔记。发言的有马连良、谭富英、于连泉（小翠花）、王福山等。谭富英的发言中有一句话说得近于尖刻，说张学老生，自以为了不得，其实是"蚊子老生"。这话出自谭富英，可谓刺到痛处，因为与谭富英相比，张的声音确是太微弱了。

批判之后要处理，听说是离开北京，到长春某大学去教词。总有几年吧，还有借了围棋的光，经过某些人的运筹，回到北京，成为文史馆的研究人员。夫人潘素仍在画画。听说一幅定价已经超过千元。

70年代后期，这位老人住在后海南岸。其西是李广桥，南行不远是恭王府，人们公认为与《红楼梦》有关的地方。是一个冬天，我同周汝昌先生商酌，等到哪一个春秋佳日，一定结伴到那一带游一次，由前海的响闸北行，过恭王府往李广桥，看看小桥流水，还保留多少旧志中的遗迹；然后顺路看看张伯驹，因为他们熟识，可是不常见面。没想到，这个闲游算盘打过不很久，春秋佳日还没来，这位老人就下世了。也许闲游计划一半是为访问这位老人，从彼时起已经过了不少春秋佳日，我们终于没有结伴去做这个红楼之梦。

红楼点滴
一

民国年间，北京大学有三个院：一院是文学院，即有名的红楼，在紫禁城神武门（北门）以东汉花园（沙滩的东部）。二院是理学院，在景山之东马神庙（后改名景山东街）路北，这是北京大学的老居址，京师大学堂所在地。三院是法学院（后期移一院），在一院之南北河沿路西。红楼是名副其实的红色，四层的砖木结构，坐北向南一个横长条。民国初年建造时候，是想用作宿舍的，建成之后用作文科教室。文科，而且是教室，于是许多与文有关的知名人士就不能不到这里来进进出出。其中最为大家所称道的当然是蔡元培校长，其余如刘师培、陈独秀、辜鸿铭、胡适等，就几乎数不清了。人多，活动多，值得说说的自然就随着多起来。为了把乱丝理出个头绪，要分类。其中的一类是课堂的随随便便。

一般人谈起北京大学就想到蔡元培校长，谈起蔡元培校长就想到他开创的风气——兼容并包和学术自由。这风气表现在各个方面，或者说无孔不入，这孔自然不能不包括课堂。课堂，由宗周的国子学到清末的三味书屋，规矩都是严格的。北京大学的课堂却不然，虽然规定并不这样说，事实上总是可以随随便便。这说得鲜明一些是：不应该来上课的却可以每课必到，应该来上课的却可以经常不到。

先说不应该上课而上课的情况。这出于几方面的因缘和合。北京大学不乏名教授，所讲虽然未必都是发前人之所未发，却是名声在外。这是一方面。有些年轻人在沙滩一带流浪，没有上学而同样愿意求学，还有些人，上了学而学校是不入流的，也愿意买硬席票而坐软席车，于是都踊跃地来旁听。这也是一个方面。还有一个方面是北京大学课堂的惯例：来者不拒，去者不追。且说我刚入学的时候，首先感到奇怪的是同学间的隔膜。同坐一堂，摩肩碰肘，却很少交谈，甚至相视而笑的情况也很少。这由心理方面说恐怕是，都自以为有一套，因而目中无人。但这就给旁听者创造了大方便，因为都漠不相关，所以非本班的人进来入座，就不会有人看，更不会有人盘查。常有这样的情况，一个学期，上课常常在一起，比如说十几个人，其中哪些是选课的，哪些是旁听的，不知道；哪些是本校的，哪些不是，也不知道。这模模胡胡，有时必须水落石出，就会近于笑谈。比如刘半农先生开"古声律学"的课，每次上课有十几个人，到期考才知道选课的只有我一个人。还有一次，听说是法文课，上课的每次有五六个人，到期考却没有一个人参加。教师当然很恼火，问管注册的，原来是只一个人选，后来退了，管注册的人忘记注销，所以便宜了旁听的。

再说应该上课而不上课的情况。据我所知，上课时间不上课，去逛大街或看电影的，像是很少。不上有种种原因或种种想法。比如有的课不值得听，如"（国民党）党义"；有的课，上课所讲与讲义所写无大差别，可以不重复；有的课，内容不深，自己所知已经不少；等等。这类不上课的人，上课时间多半在图书馆，目的是过屠门而大嚼。因为这样，所以常常不上课的人，也许是成绩比较好的；在教授一面，也就会有反常的反应，对于常上课的是亲近，对于不常上课的是敬畏。不常上课，有旷课的处罚问题，学校规定，旷课一半以上不能参加期考，不考不能得学分，学分不够不能毕业。怎么办？办法是求管点名（进课堂看座位号，空位画一次缺课）的盛先生擦去几次。学生不上课，钻图书馆，这情况是大家都知道的，所以盛先生总是慨然应允。

这种课堂的随随便便，在校外曾引来不很客气的评论，比如，北京大学是把后门的门槛锯下来，加在前门的门槛上，就是一种。这评论的意思是，进门很难；但只要能进去，混混就可以毕业，因为后门没有门槛阻挡了。其实，至少就我亲身所体验，是进门以后，并没有很多混混过去的自由，因为有无形又不成文的大法管辖着，这就是学术空气。说是空气，无声无臭，却很厉害。比如说，许多学问有大成就的人都是蓝布长衫，学生，即使很有钱，也不敢西装革履，因为一对照，更惭愧。其他学问大事就更不用说了。

时间不很长，我离开这个随随便便的环境。又不久，国土被侵占，学校迁往西南，同清华、南开合伙过日子去了。一晃过了十年光景，学校返回旧居，一切支离破碎。我有时想到红楼的昔日，旧的风气还会有一些吗？记得是1947年或1948年，老友曹君来串门，说梁思成在北大讲中国建筑史，每次放映幻灯片，很有意思，他听了几次。下次是最后一次，讲杂建筑，应该去听听。到时候，我们去了。讲的是花园、桥、塔等等，记得幻灯片里有苏州木渎镇的某花园，小巧曲折，很美。两小时，讲完了，梁先生说："课讲完了，为了应酬公事，还得考一考吧？诸位说说怎么考好？"听课的有近二十人，没有一个人答话。梁先生又说："反正是应酬公事，怎么样都可以，说说吧。"还是没有人答话。梁先生像是恍然大悟，于是说："那就先看看有几位是选课的吧。请选课的举手。"没有一个人举手。梁先生笑了，说："原来诸位都是旁听的，谢谢诸位捧场。"说着，向讲台下作一个大揖。听讲的人报之以微笑，而散。我走出来，想到北京大学未改旧家风，心里觉得安慰。

　　点滴一谈的是红楼散漫的一面。还有严正的一面，也应该谈谈。不记得是哪位先生了，上课鼓励学生要有求真精神，引古希腊亚里士多德改变业师柏拉图学说的故事，有人责问他不该这样做，他说："吾爱吾师，吾更爱真理。"红楼里就是提倡这种精神，也就真充满这种空气。这类故事很不少，说几件还记得的。

　　先说一件非亲历的。我到北京大学是30年代初，其时古文家刘师培和今文家崔适已经下世十年左右。听老字号的人说，他们二位的校内住所恰好对门，自然要朝夕相见，每次见面都是恭敬客气，互称某先生，同时伴以一鞠躬；可是上课之后就完全变了样，总要攻击对方荒谬，毫不留情。崔有著作，《史记探原》和《春秋复始》都有北京大学讲义本，刘著作更多，早逝之后刊为《刘申叔先生遗书》，可见都是忠于自己的所信，当仁不让的。

　　30年代初，还是疑古考古风很盛的时候；同是考，又有从旧和革新之别。胡适写了《中国哲学史大纲》上卷，在学校讲中国哲学史，自然也是上卷。顺便说个笑话，胡还写过《白话文学史》，也是

只有上卷，所以有人戏称之为"上卷博士"。言归正传，钱宾四（穆）
其时已经写完《先秦诸子系年考辨》，并准备印《老子辨》。两个人
都不能不处理《老子》。这个问题很复杂，提要言之，书的《老子》，
人的"老子"，究竟是什么时代的？胡从旧，二"老"就年高了，高
到春秋晚年，略早于孔子；钱破旧，二"老"成为年轻人，晚到战国，
略早于韩非。胡书早出，自然按兵不动，于是钱起兵而攻之，胡不举
白旗，钱很气愤，一次相遇于教授会（现在名教研室或教员休息室），
钱说："胡先生，《老子》年代晚，证据确凿，你不要再坚持了。"胡答：
"钱先生，你举的证据还不能使我心服；如果能使我心服，我连我的
老子也不要了。"这次激烈的争执以一笑结束。

争执也有不这样轻松的。也是反胡，戈矛不是来自革新的一面，
而是来自更守旧的一面。那是林公铎（损），人有些才气，读书不少，
长于记诵，二十几岁就到北京大学国文系任教授。一个熟于子曰诗
云而不识abcd的人，不赞成白话是可以理解的。他不像林琴南，公
开写信反对；但又不能唾面自干，于是把满腹怨气发泄在课堂上。一
次，忘记是讲什么课了，他照例是喝完半瓶葡萄酒，红着面孔走上讲
台。张口第一句就责骂胡适怎样不通，因为读不懂古文，所以主张用
新式标点。列举标点的荒唐，其中之一是在人名左侧打一个杠子（案
即专名号），"这成什么话！"接着说，有一次他看到胡适写的什么，
里面写到他，旁边有个杠子，把他气坏了；往下看，有胡适自己的名
字，旁边也有个杠子，他的气才消了些。讲台下大笑。他像是满足

了，这场缺席判决就这样结束。

教师之间如此。教师学生之间也是如此，举两件为例。一次是青年教师俞平伯讲古诗，蔡邕所作《饮马长城窟行》，其中有"枯桑知天风，海水知天寒"两句，俞说："知就是不知。"一个同学站起来说："俞先生，你这样讲有根据吗？"俞说："古书这种反训不少。"接着拿起粉笔，在黑板上写出六七种。提问的同学说："对。"坐下。另一次是胡适之讲课，提到某一种小说，他说："可惜向来没有人说过作者是谁。"一个同学张君，后来成为史学家的，站起来说，有人说过，见什么丛书里的什么书。胡很惊讶，也很高兴，以后上课，逢人便说："北大真不愧为北大。"

这种站起来提问或反驳的举动，有时还会有不礼貌的。如有那么一次，是关于佛学某问题的讨论会，胡适发言比较长，正在讲得津津有味的时候，一个姓韩的同学气冲冲地站起来说："胡先生，你不要讲了，你说的都是外行话。"胡说："我这方面确是很不行。不过，叫我讲完了可以吗？"在场的人都说，当然要讲完。因为这是红楼的传统，坚持己见，也容许别人坚持己见。根究起来，韩君的主张是外道，所以被否决。

这种坚持己见的风气，有时也会引来小麻烦。据说是对于讲课中涉及的某学术问题，某教授和某同学意见相反。这只要能够相互容忍也就罢了；偏偏是互不相让，争论起来无尽无休。这样延续到学期终了，不知教授是有意为难还是选取重点，考题就正好出了这一个。这位同学自然要言己之所信。教授阅卷，自然认为错误，于是评为不及格。照规定，不及格，下学期开学之后要补考，考卷上照例盖一长条印章，上写：注意，六十七分及格。因为照规定，补考分数要打九折，记入学分册，评六十七分，九折得六十分多一点，勉强及格。且说这次补考，也许为了表示决不让步吧，教授出题，仍是原样。那位同学也不让步，答卷也仍是原样。评分，写六十，打折扣，自然不及格。还要补考，仍旧是双方都不让步，评分又是六十。但这一次算及了格，问为什么，说是规定只说补考打九折，没有说再补考还要打九折，所以不打折扣。这位教授违背了红楼精神，于是以失败告终。

红楼点滴
三

　　点滴一谈散漫，二谈严正；还可以再加一种，谈容忍。我是在中等学校念了六年走入北京大学的，深知充任中学教师之不易。没有相当的学识不成；有，口才差，讲不好也不成；还要有差不多的仪表，因为学生不只听，还要看。学生好比是剧场的看客，既有不买票的自由，又有喊倒好的权利。戴着这种旧眼镜走入红楼，真是面目一新，这里是只要学有专长，其他一切都可以凑合。自然，学生还有不买票的自由；不过只要买了票，进场入座，不管演者有什么奇怪的唱念做，学生都不会喊倒好，因为红楼的风气是我干我的，你干你的，各不相扰。举几件还记得的小事为证。

　　一件，是英文组，我常去旁听。一个外国胖太太，总不少于五十多岁吧，课讲得不坏，发音清朗而语言流利。她讲一会总要让学生温习一下，这一段空闲，她坐下，由小皮包里拿出小镜子、粉和胭脂，对着镜子细细涂抹。这是很不合中国习惯的，因为是"老"师，而且在课堂。我第一次看见，简直有点愕然；及至看看别人，都若无其事，也就恢复平静了。

另一件，是顾颉刚先生，那时候他是燕京大学教授，在北京大学兼课，讲《禹贡》之类。顾先生专攻历史，学问渊博，是疑古队伍中的健将，善于写文章，下笔万言，凡是翻过《古史辨》的人都知道。可是天道咨啬，与其角者缺其齿，口才偏偏很差。讲课，他总是意多而言语跟不上，吃吃一会，就急得拿起粉笔在黑板上疾书。写得速度快而字清楚，可是无论如何，较之口若悬河总是很差了。我有时想，要是在中学，也许有被驱逐的危险吧？而在红楼，大家就处之泰然。

又一件，是明清史专家孟心史（森）先生。我知道他，起初是因为他是一桩公案的判决者。这是有关《红楼梦》本事的。很多人都知道，研究《红楼梦》，早期有"索隐"派，如王梦阮，说《红楼梦》是影射清世祖顺治和董鄂妃的，而董鄂妃就是秦淮名妓嫁给冒辟疆的董小宛。这样一比附，贾宝玉就成为顺治的替身，林黛玉就成为董小宛的替身，真是说来活灵活现，像煞有介事。孟先生不声不响，写了《董小宛考》，证明董小宛生于明朝天启四年，比顺治大十四岁，董小宛死时年二十八，顺治还是十四岁的孩子。结果判决：不可能。我是怀着看看这位精干厉害人物的心情才去听他的课的。及至上课，才知道，从外貌看他是既不精干，又不厉害。身材不高，永远穿一件旧棉布长衫，面部沉闷，毫无表情。专说他的讲课，也是出奇的沉闷。有讲义，学生人手一编。上课钟响后，他走上讲台，手里拿着一本讲义，拇指插在讲义中间。从来不向讲台下看，也许因为看也看不见。

应该从哪里念起，是早已准备好，有拇指作记号的，于是翻开就照本慢读。我曾检验过，耳听目视，果然一字不差。下课钟响了，把讲义合上，拇指仍然插在中间，转身走出，还是不向讲台下看。下一课仍旧如此，真够得上是坚定不移了。

又一件，是讲目录学的伦哲如（明）先生。他知识丰富，不但历代经籍艺文情况熟，而且，据说见闻广，许多善本书他都见过。可是有些事却胡里胡涂。譬如上下课有钟声，他向来不清楚，或者听而不闻，要有人提醒才能照办。关于课程内容的数量，讲授时间的长短，他也不清楚，学生有时问到，他照例答："不知道。"

又一件，是林公铎（损，原写攻渎）先生。他年岁很轻就到北京大学中国语言文学系任教授，我推想就是因此而骄傲，常常借酒力说怪话。据说他长于记诵，许多古籍能背；诗写得很好，可惜没见过。至于学识究竟如何，我所知甚少，不敢妄言。只知道他著过一种书，名《政理古微》，薄薄一本，我见过，印象不深，以"人云亦云"为标准衡之，恐怕不很高明，因为很少人提到。但他自视很高，喜欢立异，有时异到等于胡说。譬如一次，有人问他："林先生这学期开什么课？"他答："唐诗。"又问："准备讲哪些人？"他答："陶渊明。"他上课，常常是发牢骚，说题外话。譬如讲诗，一学期不见得能讲几首；就是几首，有时也喜欢随口乱说，以表示与众不同。同学田君告诉我，他听林公铎讲杜甫《赠卫八处士》，结尾云，卫八处士不够朋友，用黄米饭炒韭菜招待杜甫，杜公当然不满，所以诗中说，"明日隔山岳，世事两茫茫"，意思是此后你走你的路，我走我的路。也许就是因为常常讲得太怪，所以到胡适兼任系主任，动手整顿的时候，林公铎解聘了。他不服，写了责问的公开信，其中用了杨修"鸡肋"的典故，说"教授鸡肋"。我当时觉得，这个典故用得并不妥，因为鸡肋的一面是弃之可惜，林先生本意是想表示被解聘无所谓的。

最后说说钱玄同先生。钱先生是学术界大名人，原名夏，据说因为庶出受歧视，想扔掉本姓，署名"疑古玄同"。早年在日本，也是章太炎的弟子。与鲁迅先生是同门之友，来往很密，并劝鲁迅先生改钞古碑为写点文章，就是《呐喊·自序》称为"金心异"的（案此名本为林琴南所惠赐）。他通文字音韵及国学各门。最难得的是在老学究的队伍里而下笔则诙谐讽刺，或说嬉笑怒骂。他是师范大学教授，在北京大学兼课，讲"中国音韵沿革"。钱先生有口才，头脑清晰，讲书条理清楚，滔滔不绝。我听了他一年课，照规定要考两次。上一学期终了考，他来了，发下考卷考题以后，打开书包，坐在讲桌后写他自己的什么。考题四道，旁边一个同学告诉我，好歹答三道题就交吧，反正没人看。我照样做了，到下课，果然见钱先生拿着考卷走进教务室，并立刻空着手出来。后来知道，钱先生是向来不判考卷的，学校为此刻一个木戳，上写"及格"二字，收到考卷，盖上木戳，照封面姓名记入学分册，而已。这个办法，据说钱先生曾向外推广，那是在燕京大学兼课，考卷不看，交与学校。学校退回，钱先生仍是不看，也退回。于是学校要依法制裁，说如不判考卷，将扣发薪金云云。钱先生作复，并附钞票一包，云：薪金全数奉还，判卷恕不能从命。这次争执如何了结，因为没有听到下回分解，不敢妄说。总之可证，红楼的容忍风气虽然根深蒂固，想越雷池一步还是不容易的。

点滴一、二、三说的都是红楼之内。这回要说之外，即红楼后面的一片空旷地，当时用作操场，后来称为民主广场的。场地很大，却几乎毫无设置，记得除了冬季在北部，上搭席棚、下开冰场之外，长年都是空空的。学校有篮球场和网球场，在北河沿第三院，打球要到那里去。红楼后面的广场，唯一的用处是上军事训练课。

同"党义"一样，军事训练是必修课，由入学起，上一年还是两年，记不清了，总之是不修或修而不及格就不能毕业。说来奇怪，这也是名实相反的好例证，凡是必修的，在学生心目中都是"不必"修的。必修之下有普修，如大一国文、大一外语等，都是一年级时候学一年。对于普修课，学生的看法大致是，学学也好，不学也没什么了不得，因为都是入门的，或说下里巴人的。再下是大量的形形色色的选修课，是爬往"专"的路上的阶梯，因而最为学生所看重，其实也最为教师和学校甚至社会所看重。

同是必修课，不受重视的原因不尽同。例如党义，除了学生视为浅易之外，主要原因是宣扬"书同文，车同轨"，与北京大学的容许甚至鼓励乱说乱道的精神格格不入。且说这位教党义的先生，记得姓王，看似无能，却十分聪明。他对付学生的办法完全是黄老之术，所谓无为而治。上课，据说经常只有一个人，是同乡关系（？），不好不捧场。到考试，学生蜂拥而至，坐满课堂，评分是凡有答卷的都及格。军事训练不受学生重视，原因之一是学生来此的本意是学文，不是学武；之二是，在北京大学，外貌自由散漫已经成为风气，而军事训练却要求严格奋发。

教军事训练课必须解决这个矛盾。却不能用黄老之术，因为一个人上操场，不能列队；又这是在红楼之外，十目所视，十手所指。担任这门课的是白雄远，在学校的职位是课业处军事训练组主任，也许军阶是校级吧，我们称之为教官。他很有办法，竟把上面说的这种矛盾解决得水乳交融。他身材相当魁梧，腰杆挺直，两眼明朗有神，穿上军服，腰系皮带，足蹬皮靴，用文言滥调，真可说是精神奕奕了。他对付学生的办法是以心理学为基础的社交术。他记性好，二三百受训的学生，他几乎都认识。对待学生，他是两仪合为太极。一仪是在课外，遇见学生称某先生，表示非常尊重，如果点头之外还继以谈话，就说学生学的是真学问，前途无量，他学的这一行简直不足道。另一仪是在课内，那就真是像煞有介事，立正，看齐，报数，像是一丝不苟。这两仪合为太极，可以用他自己的话来描述。有一次，也许有少数学生表现得不够理想吧，他像是深有感慨地说："诸位是研究学问的，军训当然没意思。可是国家设这门课，让我来教。我不能不教，诸位不能不上。我们心里都明白，用不着较真儿。譬如说，旁边有人看着，我喊立正，诸位打起精神，站正了，排齐了，我喊报数，诸位大声报，一，二，三，四，人家看着很好，我也光彩，不就得了吗。如果没有人看着。诸位只要能来，怎么样都可以，反正能应酬过去就成了。"

他这个两仪合为太极的办法很有成效，据我记得，我们那一班（班排之班），大概十个人吧，上课总是都到。其中有后来成为名人的何其芳，我的印象，是全班中最为吊儿郎当的，身子站不稳，枪拿不正。可是白教官身先士卒，向来没申斥过哪一个人。课程平平静静地进行，中间还打过一次靶，到北郊，实弹射击。机关枪五发，步枪五发，自然打中的不多，可是都算及了格。

不知道从哪里刮来一阵风，说必须整顿，加强。于是来个新教官，据说是上校级，南京派来的。上课，态度大变，是要严格要求，绝对服从。开门第一炮，果然对待士卒的样子，指使，摆布，申斥。这是变太极为敲扑，结果自然是群情愤激。开始是敢怒而不敢言。不久就布阵反击，武器有钢铁和橡胶两种。钢铁是正颜厉色地论辩，那位先生不学无术，虚张声势，这样一戳就泄了气。橡胶是无声抵抗，譬如喊立正，就是立不正；但又立着，你不能奈我何。据说，这位先生气得没办法，曾找学校支援，学校对学生一贯是行所无事，当然不管。于是，大概只有两三个月吧，这位先生黔驴技穷，辞职回南了。他失败，从世故方面说是违背了"入其国，先问其俗"的古训，从大道理方面说是违背了红楼精神。

白雄远教官，人也许没有什么可传的；如果说还有可传，那就是他能够顺从红楼精神。因为有这个优点，所以那位先生回南之后，他官复原职，受到同学们的热烈欢迎。我的记忆，同学对他一直很好，觉得他可亲近。也许就是因此，有一次，学校举行某范围的智力测验，其中一题是"拥重兵而非军阀者是什么人"，有个同学就借他的大名之助，不但得了高分，还获得全校传为美谈的荣誉。

　　点滴四已经走了题，扯到红楼的外面。俗话说，"一不做，二不休"，既然已经跑出来，索性再谈些不都发生在红楼之内的事。这想谈的是有关入学的种种，北京大学有自己的一套办法，现在看来也许很简陋，但有特点，或者可以聊备掌故吧。

　　先说第一次的入学，由投考报名起，是有松有紧。所谓紧是指报名资格，一定要是中等学校毕业，有证书做证明。所谓松是只填考某院（文、理、法）而不填考某系，更不细到系之下还要定专业。这松之后自然会随来一种自由：可以选某一院的任何系，如考取文学院，既可以选读历史，也可以选读日语。自由与计划是不容易协调的，于是各系的学生数就难免出现偏多偏少的现象。例如1936年暑期毕业的一期，史学系多到三十六个人，其中有后来成为史学家的张政烺；生物学系少到三个人，其中有后来成为美籍华人的生物学家牛满江。多，开班，少，也开班，这用的是姜太公的办法，愿者上钩。

　　再说命题，用的是迅雷不及掩耳的办法。譬如说，考国文是明天早八点，今天中午出校、系首脑密商，决定请某某两三位教授命题。

接着立刻派汽车依次去接。形式近于逮捕，到门，进去，见到某教授，说明来意，受请者必须拿起衣物，不与任何人交谈，立刻上车。到红楼以后，形式近于监禁，要一直走入地下层的某一室，在室内商酌出题。楼外一周有校警包围，任何人不准接近楼窗。这样，工作，饮食，大小便，休息，睡眠，都在地下，入夜某时以前，题要交卷。印讲义的工厂原就在地下，工人也是不许走出地下层，接到题稿，排版，出题人校对无误，印成若干份，加封待用。到早晨八时略前，题纸由地下层取出，送到试场分发；出题人解禁，派汽车送回家。这个办法像是很有优点，因为没有听说过有漏题的事。

看考卷判分，密封，看字不知人，对错有标准，自然用不着什么新奇花样。只是有一种不好办，就是国文卷的作文，仁者见仁，智者见智，且不说准确，连公平也不容易做到。赵憩之（荫棠）先生有一次告诉我，30年代某一年招考，看国文考卷有他，阅卷将开始，胡适提议，大家的评分标准要协调一下，办法是随便拿出一份考卷，每人把其中的作文看一遍，然后把评分写在纸条上，最后把所有纸条的评分平均一下，算作标准。试一份，评分相差很多，高的七八十，少的四五十，平均，得六十多，即以此为标准，分头阅卷。其实，我想，就是这样协调一下也还是难于公平准确，惯于宽的下不了许多，惯于严的上不了许多，考卷鹿死谁手，只好碰运气。

几门考卷评分都完，以后就又铁面无私了：几个数相加，取其和。然后是由多到少排个队，比如由四百分起，到二百分止，本年取多少人是定好了的，比如二百八十人，那就从排头往下数，数到二百八十，算录取，二百八十一以下不要。排队，录取，写榜，多在第二院（理学院）西路大学办公处那个圆顶大屋里进行，因为木已成舟，也就不再保密，是有人唱名有人写。消息灵通、性急并愿意早报喜信的人可以在屋外听，如果恰巧听到心上人的名字，就可以在出榜的前一天告诉那个及第的人。榜总是贴在第二院的大门外，因为哪一天贴不定，所以没有万头攒动的情况。

与现在分别通知的办法相比，贴榜的老办法有缺点，是投考的人必须走到榜前才能知道是否录取。我就是没有及时走到榜前吃了不少苦头的。考北京大学的人一般是住在沙滩一带的公寓里，我因为有个亲戚在朝阳学院上学，由他代找住处，住在靠近东直门的海运仓，离沙滩有六七里路。考北京大学完毕，自然不知道能不能录取，于是继续温课，准备再考师范大学。也巧，这一年夏天特别热，晚上在灯下解方程式，蚊子咬，汗流浃背。就这样，有一天，公寓的伙计送来个明信片，说放在窗台上几天了，没人拿，问问是不是我的。接过一看，是同学赵君看榜后写的祝贺语，再看日期，已经是一个星期以前的事了。

录取以后，第一次入学，办手续，交学费十元，不能通融。推想这是因为还在大门以外。手续办完，走入大门，情况就不同了，从第二学期起，可以请求缓交。照规定，要上书校长，说明理由，请求批准。情况是照例批准，所以资格老些的学生，总是请求而不写理由，于是所上之书就成为非常简练的三行：第一行是"校长"，第二行是"请求缓交学费"，最重要的是第三行，必须写清楚，是"某系某年级某某某"，因为管注册的人只看这一行，不清楚就不能注册入学。

北京大学还有一种规定，不知道成文不成文，是某系修完，可以转入同院的另一系，再学四年，不必经过入学考试。有个同学王君就是这样学了八年。为什么要这样呢？我没有问他。也许由于舍不得红楼的环境和空气？说心里话，舍不得的自然不只他一个，不过自食其力的社会空气力量很大，绝大多数人也就只好卷起铺盖，走上另一条路了。

沙滩的住

这个标题不够明确。因为文题不宜于过长，只得暂时将就，到写的时候补救。我的意思是谈谈以北京大学为中心的青年学生，30年代前后在北京沙滩一带，生活的一个重要部分，住是什么情况。——就是这个长解题，也还需要再加说明。沙滩是北京大学第一院（即文学院）所在地，校舍是有名的红楼。红楼是多方面的中心。天文或者谈不上，可以由地理说起。泛泛说，形势是四通八达：东通东四牌楼，西通西四牌楼，南行不远是王府井大街、东安市场，北行不远是地安门、鼓楼。风景也好。西行几百步就是故宫、景山、三海。缩小到仅限于学校也是这样：西是第二院（理学院），南是第三院（法学院），学生宿舍大小七处，分布在南、西、北三面。按三才的顺序，地之后是"人"。这有两个方面值得说说。一是全国"文"界最有名的人，为数不少集中于此。二是大学程度的青年，有些是北京大学学生，很多不是，尤其到暑期，也集中于此。人多，都要住宿，办法如何呢？

先要泛泛说说全北京的。由住的时间方面看，有长期、临时二类。长期，叮以长到几百年，这是，或都看作，土生土长，按旧规定籍贯可以写这里，如大兴（北京东城）翁方纲、宛平（北京西城）孙承泽等等就是。长期，还要包括时间不长而心情不想再动的，北京大学的许多教授属于此类。形势所需和心甘情愿老于此的，要买住宅或租民房。北京有不少富户，以多买房产、出租为生财之道，这类房名为民房。一所住房，多则上百间，少则十间八间，一家全租是住独院。贫困人家无力租全院，只租一部分，多则三五间，少则一两间，是住杂院。临时住，是外地来京办事的那些人，多则一两个月，少则三天两天，事完就走。这类人集中在前门（正阳门）外一带。所住之处名为店、旅馆、客栈等。

青年学生在沙滩一带生活，与全北京相比，住的情况是小同而大异。小同是少数可以租民房，但也不能归入长期一类，因为没有扎根的条件。大异是绝大多数处于长期和临时之间，住的既非民房，又非旅店。这又可以分为两类，一类是已经走入北京大学之门的，另一类是在门外的。

已经走入门的有个特权，是可以住学校宿舍，不花钱，还有工友伺候。宿舍有两类，以男女分。男生宿舍"量"多，计有东斋（在红楼西北角）、西斋（在第二院西墙外）、三斋（在第三院北）、四斋（在红楼北椅子胡同）、第三院宿舍（第三院内一座二层"口"字形楼）。女生宿舍"级"高，只两处，一在第二院西南角，另一在红楼北松公府夹道。量多不必解释，是床位多，共有大几百，只要学生愿意，向隅的很少。级高要解释一下，是女生访男生可以入宿舍，男生访女生绝不许入宿舍，只有校庆一天是例外。据说，到这一天，不只有人可访允许进去，无人可访也可以进去，各屋看看。但不知为什么，我一次也没去，因而不知道这集体闺房是什么样子，时乎时乎不再来，现在只能徒唤奈何了。

以下入正题，说不住学生宿舍的，这就可以不分北京大学门内门外的，一网打尽。少数有条件的可以租民房。所谓条件，严格说只有一个，是必须有女伴。这也要略加解释。在那个时代，虽然理论上男女早已平等，租房却必须男性出头，因为只有男性可以充当户主。租民房，介绍所遍地皆是，就是贴在街头电线杆上的半尺多高的红纸片。措辞千篇一律：第一行在右方，由上到下四个较大的字，是"吉房招租"，以后第二行起较小的字写，今有北（或东、西、南）房若干间，坐落在什么街什么胡同多少号，有什么什么设备（包括灯、水等）。家眷、铺保来问。所谓家眷，是必须有妻室，光棍男子汉不租。所谓铺保，是租房有租折，迁入前要找个商店盖章作保，不能交租由商店负责代偿。提起吉房招租，有两件欠文雅的或者可以算作轶事的事应该提一提。一件是有个时期，北京土著对东北人和天津人印象欠佳，于是招租贴的最后都加上一条，是"贵东北贵天津免问"。另一件是有个新由南方来的学生，对北京的情况似通非通，看到招租贴之后去租民房，一看满意，三句两句谈妥，最后房东慎重，加问一句，"您有家眷吗?"两地口音不同，南方人以为问的是"家具"，于是答："家具不是你们供应吗?"房东大怒，势将动武，就这样，租约胡里胡涂地破裂了。

其实，供应家具的事并不假，但那是"公寓"，不是民房。公寓是适应不住宿舍或无宿舍可住的学生需要的一种住所，沙滩一带很不少。又可以分为两类：一类是明的，门口挂牌匾，如我住过的坐落在银闸的大丰公寓就是。另一类是暗的，数目更多，门口没有牌匾，可是规制同有牌匾的一样。所谓规制，由一个角度说是中间型，就是既不像旅店那样流动，又不像民房那样固定；由另一个角度说是方便型，即应有尽有而价钱不贵。这可以由住宿人那方面来描绘一下，比如一个南方学生初到北京，下车后来到沙滩一带，向人打听哪里有公寓。按照人家的指点，走进一家，问有房没有。十之九是有，于是带着你看，任意挑选。选定一间之后，公寓伙计帮你把行李搬到屋内。其中照例有床一张，书桌一个，椅子两把，书架一个，盆架一个。打开行李，安排妥当，公寓供开水，生活大部分可以解决，并且相当安适。房租以月为单位，比民房贵一些，比旅店便宜得多。吃饭一般是在附近小饭馆，也是费钱不多而保证能充饥。洗衣服也方便，有洗衣房的人定期来取来送，如果你懒而不很穷，就可以交付伙计，当作他的日课来办。

前面说，非北京大学的学生也集中于此，这"此"，说是公寓也未尝不可。人多了，难免藏龙卧虎，如胡也频、丁玲等就都在这里生活过。不是龙虎，也能体会公寓生活的优点。一是人情味远非旅店所能比，某处住得时间长了，可以和同院（包括公寓主人）同甘共苦，成为一家人。二更重要，是可以享受"良禽择木而栖"的绝对自由，比如上午住某处，忽然觉得此处不便而彼处更好，就可以在当日下午迁往彼处，因为房总是有空闲的。

随着时间的流逝，公寓逐渐减少以至于消亡，"良禽择木而栖"的自由也逐渐减少以至于消亡。但沙滩一带的格局却大部分保留着，所谓门巷依然。我有时步行经过，望望此处彼处，总是想到昔日，某屋内谁住过，曾有欢笑，某屋内谁住过，曾有泪痕。屋内是看不见了！门外的大槐树仍然繁茂，不知为什么，见到它就不由得暗诵《世说新语》中桓大司马（温）的话："木犹如此，人何以堪！"

沙滩的吃

沙滩的住，有特点，所以写了上一篇。吃，特点不多，不过谈住而不谈吃，像是挂对联只有上联，见到的人会不满意，所以不得不勉强凑个下联。

还是以在沙滩一带生活的学生为限。上一篇说学生有北京大学门内的和门外的两类。这两类在住的方面区别很大，因为门外的没有白住学校宿舍的权利。可是在吃的方面区别很小，因为学校（如西斋）虽然有可包饭的食堂（每日三餐，一人一月六七元），但饭不能白吃，又没有吃饭馆随便，所以门内的也有很多不吃包饭。这样，谈沙滩的吃，就可以不分内外，而集中说说分布在学校附近的饭馆。

饭馆都是级别不高的，原因很简单，学生的钱包，绝大多数不充裕，预备高级菜肴没人吃。饭馆数目不少，现在记得的，红楼大门对面两家，东斋附近两家，第二院附近两家，沙滩西端一家。其中有些字号还记得：东斋门坐东向西，对面稍北一家名叫林盛居，北侧也坐东向西一家名叫海泉居；第二院大门对面一家名叫华顺居，东行不远路北一家名叫德胜斋。德胜斋是回民饭馆，只卖牛羊肉菜肴。沙滩西端路南一家，比其他几家级别更低，北京通称为切面铺。切面铺特点有二：一种可名为优点，是货实价廉，比如吃饼吃面条，都是准斤准两；一般饭馆就不然，吃饼以张计，吃面条以碗计，相比之下就贵了。另一种可名为缺点，是花样太少，品味不高。

照顾切面铺，绝大多数是体力劳动者，北京通称为卖力气的，因为饭量大，要求量足，质差些可以将就。但我有时也愿意到那里去吃，主食要十两（十六两一斤）水面（加水和成）烙饼，菜肴要一碗肉片白菜豆腐，味道颇不坏，价钱比别处便宜，可以吃得饱饱的。可取之处还有吃之外的享受，是欣赏老北京下层人民的朴实、爽快和幽默。铺子里人手不多，大概是四个人吧，其中两个外貌有特点，拿炒勺的偏于瘦小，脸上有麻子，跑堂的年轻，个子高大，于是顾客都用特点称呼他们："大个儿，给个空碗。""麻子，炸酱多加一份肉。"大个儿和麻子坦然答应。反过来，他们也这样称呼顾客，顾客也是坦然答应。这在其他几家就不成，买卖双方之间总像有一层客气隔着。

德胜斋的拿手好戏是烧饼加炖牛肉，学生照顾它，多半吃这个。它给人留下清晰的印象不是饭菜，而是人，一个跑堂的，其时大概二十岁多一点，姓于，学生都叫他小于。他和气，勤快，却很世故。几乎能够叫出所有常去的学生的姓名，见面离很远就称呼某先生，点头鞠躬，满面笑容，没话想话。如果时间长些，还要尽恭维之能事，说不久毕业一定会升官发财，最低也是局长。世故的顶峰是一次大聚敛，说是死了父亲，足穿白鞋，腰系白带，见到熟学生就抢前一步，跪倒叩头。北京习惯，这是讨丧礼，有不成文的定价，大洋一元。那几天，北京大学学生，熟识的见面总是问一句，"小于的钱你给了吗?"可见这次聚敛的范围是如何宽广了。

其他几家非回教的饭馆都有一种名菜，名叫"张先生豆腐"。顾名思义，是一位姓张的所创。据说这位姓张的也是北京大学学生，但究竟是哪一位，可惜不像马叙伦先生，著书说明，"马先生汤"是他何时何地所创。自己不说，他人想明究竟，自然只能用乾嘉学派的考证方法。菜名张先生豆腐，创始人姓张，没有问题。菜在沙滩一带风行，其他地区罕见，此张先生与北京大学有密切关系，十之九也不成问题。是教师呢? 是学生呢? 传说是学生；如果是教师，留名的可能性会大一些；可证多半是学生。菜里有竹笋等，北方人少此习惯，可证这位张先生是江南人。——没有考证癖的人，更关心的是好吃不好吃。我的印象是很好吃。价钱呢，一角六分一盘，在当时，如果一天吃一次，单是这一项，一个月就要近五元，就穷学生的身分说是太豪华了。

与德胜斋的小于相比，海泉居也有个出名的跑堂的，可惜忘了他的尊姓。这位与小于职位相同，可是志趣大异，借用张之洞"中学为体，西学为用"的妙论来说明，小于是中学为体，这位是西学为用。他向会英语的许多学生发问，"炒木樨肉"，英文怎么说，"等一等，就来"，英文怎么说，等等。于是，渐渐，他就满口不中不西的英文了。这已经足够引人发笑。但店里的什么人还以为不够，于是异想天开，请什么人写了一副对联，挂在饭桌旁的墙上，联语是"化电声光个个争夸北大棒，煎炸烹炒人人都说海泉成"，下面落款是"胡适题"。联语用白话，如果不看笔迹，说是出于《白话文学史》作者的手笔，也许没有人怀疑吧？

一晃半个世纪过去，当年的这些饭馆都无影无踪了。沧海变桑田，天道如此，不值得大惊小怪，可惜的是张先生豆腐也成为历史陈迹，想再吃一次的机会不再有了。

归懋仪

昔年翻阅袁子才《随园诗话》，补遗卷五提到他的女弟子归懋仪，说她的诗"雄伟绝不似闺阁语"。其后看黄协埙《锄经书舍零墨》，卷三有专条记归懋仪，说："女史归佩珊懋仪，常熟人，归上海李复轩上舍。夫妇俱工诗，纸阁双声，颇极闺房韵事。佩珊初不甚知名于时，后以咏五色蝶诗为某监司所赏，名遂大噪，士大夫之工吟咏者咸以得其诗为荣。后监司退居林下，犹时以笺封相赠答。佩珊尝手书答之，其略曰：'公真无敌，拔山倒海而来；余奚能为，弃甲曳兵而走。'气势磊落，颇不似闺阁中语。"对于这位住在闺阁中而不作闺阁语的人物，我颇感兴趣。说起来这也是商贾或玩古董心理，物以稀为贵。闺阁中人，旧时代称为闺秀，在一般人的心目中，尤其在文人的笔下，要既如《内则》《女诫》所训教，温柔静默，又要如《花间》《尊前》所形容，燕语莺声。因为上有好者，所以千百年来，闺秀总是住在闺阁中，做闺阁活，说闺阁话；少数会作诗词，也一定要吟针咏线，表现为弱不禁风。据以上两书所说，归懋仪不然，这不是黍子地里忽然生出一棵高粱吗？

受好奇心的指使，我看闲书时候就注意有关这位"逾闲"人物的材料。总起来大致是这样：她姓归，名懋仪，字佩珊。父亲归朝煦，常熟人，作过道员级的官。母亲李心敬，字一铭，上海人，有《山窗杂咏》《蠡馀草》等著作。懋仪嫁给她的表兄弟，母亲的娘家侄子李学璜，字复轩。是个监生，也能作诗。李学璜的父亲李心耕（字砚会）是李心敬的弟弟，所以归懋仪称之为舅，可谓既合于今又合于古。李学璜的母亲，懋仪的舅母兼婆母，名杨凤姝，字蘋香，苏州人，有《鸿宝楼诗钞》等著作。归懋仪有才有学，龚定盦《百字令》词注说她"有女青莲之目"。作品不少，《定盦全集》卷十五诗注说她"著诗千余篇"。见于著录的著作有《绣馀草》、《绣馀续草》(还有再续、三续、四续、五续)、《听雪词》等若干种。黄协埙书说她"性多抑郁，兼之时值坎坷"，龚定盦说她"颇抱身世之感"(《百字令》词注)，可见生活是很不如意的。不如意的原因大概与穷困有关，嘉庆晚期他们夫妇流落苏州，推想是靠教书度日。他们夫妇都有文名，所以同龚定盦来往不少，不仅有诗词唱和，还相互为文集或诗集写序文。

知道她的身世以后，自然想读读她的诗。手头有《随园全集》，其中收《随园女弟子诗选》，翻开看看，计六卷。收女弟子席佩兰、孙云凤等二十八人，归懋仪在卷六，第一名。翻到卷六，奇怪，却连名字也没有。我疑惑这是因为版本太坏，于是翻看图书馆的另一个版本，想不到竟也是这样。"不似闺阁语"的语，只在《定盦全集》里看到一点点。一是卷十七引归佩珊赠诗，只有一联，是"删除苫箧闲诗稿，湔洗春衫旧泪痕"。又《年谱》道光七年叙及所藏叶小鸾眉纹砚，引归懋仪题诗云："螺子轻研玉样温，摩挲中有古吟魂。一泓暖泻桃花水，洗出当年旧黛痕。"真巧，两首诗都用十三元韵。"删除""湔洗"云云，虽然不免感伤，却也露出一些豪气。

所得过少，还想再看一些，只好到大图书馆试试。北京图书馆没有《绣馀草》，但有《绣馀续草》，五卷，道光戊子（八年，1828）所刻。有安化陶澍（就是为《陶靖节集》作注的那一位）序，说她是归有光的后人，"以诗名数十年，穷老且病，吟咏不辍"。还有鄂渚陈銮（字芝楣）的序，说"初夏解监司篆"，可见黄书所说"以笺封相赠答"的某监司就是这位写序的陈芝楣。卷五有诗，题为"丙戌腊月二十五日先慈太恭人忌辰感赋"，诗句注说："仪五龄失怙，今六十一年矣"。丙戌是道光六年（1826），其时她六十六岁，推算是生于乾隆辛巳（二十六年，1761），正是曹雪芹即将逝世的时候。丙戌之后两年戊子，六十八岁，刻《续草》，续之后还有续（未刊），也许活到七八十岁吧。《续草》收诗不少，赠龚定盦那一首在卷四，题目是"定盦过访谈诗见赠次韵二律"，第二首是："风风雨雨掩重门，香烬熏炉火不温。幻梦几时登觉岸，多生未免种愁根。删除苫箧闲诗稿，湔洗春衫旧泪痕。絮泊蓬飘成底事？客中情绪不堪论。"语中没有明显的闺阁气，说是男士所作会有人信的。

记得是50年代中期，游旧书画店，竟买到她写的一件扇面，五十三行小楷，是自己作的六首七绝和跋。书法用细笔，娟秀而刚劲，在闺秀字中可入精品。诗是赠与李姓的什么姐姐的，不见《续草》，抄录如下：

前身本是许飞琼　　吹下天风环佩声
班诚七篇成诵早　　垂髫人已羡聪明

陌上花开走钿车　　盘根仙李好声华
鸾皇文采辉朝日　　钟郝当年未许夸

绾绶并州德政传　　赞襄兼赖少君贤
太行月色千峰朗　　恰射妆楼玉镜前
左家娇女秀成行　　联袂花前捧玉觞
试听双声传绣闼　　蕙芳雅韵杂兰芳

喜见龙驹膝下生　　天风快入四蹄轻
早知头角非常相　　转瞬腾骧万里程

传闻壸德早倾心　　远水遥山寄慨深
何日高楼同剪烛　　玉梅花下一题襟

诗后有跋，是：

> 丁丑（案为嘉庆二十二年,1817年，她五十七岁）新秋，余来白下，晤蓉村 小阮，知其将往山右，往谒舅氏。因述舅氏德政之美及亲情友谊之笃，半由金闺裹赞所成，因属余作诗以志其美。爱赋小诗六章，寄呈陇西贤姊大人芳政。值余有遗嫁之事，匆匆握管，未足阐扬于万一也。愚妹佩珊归樾仪。

诗是应酬之作，自然不容易显示本色。又，在玩古董人的心目中，闺秀小楷，要是马湘兰、董小宛之流所写才可贵。我则因为这是一位不很从俗的女诗人所写，由瘦硬的笔姿还可以想见风度的一二，所以在十年动乱中虽然也曾用周公瑾火攻之法，这件扇面却一直视同拱璧，珍藏在书橱里。

张纶英

前很多年读明朝遗民张宗子（岱）的著作，《琅嬛文集》中有《五异人传》，觉得颇有意思。人是社会动物，社会有时代常规，突破这常规不容易。当然，破常规也有正反两个方面，正是好得出奇，反是坏得出奇，就奇说是一样，给人的印象却完全相反。例如北齐有个文人祖珽，有才，能文，官作得很高，可是做了不少无耻的事，凡是看过《北齐书》的人都感到恶心。自然，历史上比他反出常规更甚的人物数也数不清。破常规，有些属于小德可以出入，就是说，对社会，对其他人，未必有益，却也无害，比如不吃牛奶，却偏偏喜欢吃观音土就是此类。张宗子所记五异人都是男性，所好所行的某部分难免超过吃观音土，这且不管。旧时代是封建社会，女性身上和心中的枷锁要多几倍，破常规自然更难，更为少见。因此，我杂览的时候，凡是遇见略不同于常格的妇女，总想记下来，以求增加一些创新的历史财富。这里谈张纶英，起因就是这样来的。

张纶英是清朝后期的女诗人、女书法家，字婉䌽，常州人。出身于书香门第。她伯父张惠言是文学史上的大名人，阳湖派的首领之一；编《词选》，创立常州词派。父亲张琦，字翰风，清朝著名的舆地学家，名著有《战国策释地》等。张琦有四个女儿，䌷英、绸英、纶英、纨英，都能作诗，作品合刻为《阳湖张氏四女集》。张纶英行三，诗集名《绿槐书屋诗》。她生于嘉庆三年（1798），到同治年间还在世，至少活了七十多岁。她的奇不在于诗，在于书法。邓之诚《骨董琐记》卷七"张婉紃"条记载：

> 阳湖女史张纶英，字婉紃，名士翰风县令之女，适同里孙氏（案名孙劼）。同治中随其子需次武昌，卖书画自给，年七十余矣。尤善学北碑，笔力超劲，备篆隶之法，署款曰张女纶英。见《越缦堂日记》。

又《骨董续记》卷一"张纶英"条记载：

> 张纶英身短，作书必立榻上，悬腕书之。适孙，早寡，依母弟汉阳知县曜孙以终。

因长于写北碑而惊动了李越缦（慈铭），也可见书路之奇和造诣之高了。

旧时代，名门闺秀足不出中门。在中门内读书，也是以《女诫》《列女传》之类为主。画画大多是花鸟，很少画山水，因为中国的山

140

水画大多表现道家的隐逸思想，那是男性的事，女性不宜于越俎。写字，总是始于"十三行"，终于"十三行"，求清秀，然后结合女性的特点，加婉媚。清秀婉媚，与北碑背道而驰，又不宜于写大字，所以历代流传的闺秀手迹，字总是小楷；间有写大字的，如吴芝瑛，我见过她写的对联，笔画瘦硬，论笔法还是"十三行"略加柳。在这方面，张纶英是破了常规，不是清秀的"十三行"，而是雄健的北碑。

妇女写北碑，稀有，我想看一看，许多影印本都不收。说来也巧，是60年代初，一次过地安门外宝聚斋，进去看看，居然挂着一幅，正是张纶英写的北碑。字很大，条幅三行，笔画刚劲凝重，如果不看署款"张女纶英"，万想不到这会是闺秀字。定价不高，于是高兴地买了。

友人张有为是写北碑的，并常以魏碑体给有些商店写牌匾，得了些报酬。听说我有这一件，特意借去看看。过些天送还，说详看用笔，受到启发，颇有所得。可见越缦堂说她"笔力超劲，备篆隶之法"，是并不夸张的。

由张纶英的写北碑，我有时想到俗话说的"字如其人"。这就性格说或者有些道理，就外貌说就未必对。例如嘉道间的张廷济，清末民初的叶恭绰，外貌都清瘦，可是字却刚劲厚重。张纶英短小，字却如此雄强，如果以此为例，那就证明字常常并不如其人了。

三萍香

半生杂览、汲碎，遇见三位字萍香的女史。日长少事，谈谈这一点点因缘。

第一位是吴藻，字萍香，号玉岑子，浙江仁和（杭州）人。清代有名的词曲作家。嘉道间人，道光末年还在世。西昆体诗人陈文述（著《碧城仙馆诗钞》）的弟子。所著词集，我买到的有两种：一是道光十年（1830）刻的《花帘词》，有陈文述等的序；二是道光三十年刻的《香南雪北词》，有自序，署道光二十四年，后附曲《自题饮酒读骚图》等几套，有自序，署道光三十年。对于这位女作家，我很早就注意，因为她不同于一般所谓闺秀，都是一律刻板印的贤妻良母。她嫁的是个商人黄某，想来很不如意，《花帘词》张景祁序说："幼好奇服，崇兰是纫；中更离忧，幽篁独处。……夫其兰膏明烛，珍惜余晖；玉瑱采衣，屏除绮饰。块独守而无泽，哀此生之多艰。"陈文述序说："然而聪明，才也；悲欢，境也。仙家眷属，智果先栽；佛海因缘，尘根许忏。与寄埋愁之地，何如证离恨之天？与开薄命之花，何似种长生之药？"可知后半过的是独身修道生活。修

142

道是由于对现世生活过于不满，这情况是很早就显露出来的，《花帘词》魏谦升序说："尝写《饮酒读骚图》，自制乐府，名曰'乔影'，吴中好事者被之管弦，一时传唱，遂遍大江南北，几如有井水处必歌柳七词矣。"这饮酒读《离骚》的套曲在《香南雪北词》卷尾，《新水令》有句云："随身携玉斝，称体换青袍，裙屐丰标，羞把那蛾眉扫。"《步步娇》有句云："优孟衣冠，凭颠倒，出意翻新巧，闲愁借酒浇。"《折桂令》有句云："你道女书生，直甚无聊，赤紧的幻影空花，也算福分当消。怎狂奴样子新描，真个是命如纸薄，再休题心比天高。"《侥侥令》有句云："平生矜傲骨，宿世种愁苗。休怪我咄咄书空如殷浩，无非对旁人作解嘲。"《沽美酒带太平令》有句云："题不尽断肠词稿，又添上伤心图照。俺呵，收拾起金翘翠翘，整备着诗瓢酒瓢，呀，向花前把影儿频吊。"最后《清江引》写："黄鸡白日催年老，蝶梦何时觉。长依卷里人，永作迦陵鸟。分不出影和形，同化了。"这是着男装（恨作女身），一面喝酒（浇愁），一面读《离骚》（愤懑到极点）的形象，主人公却是个女作家，说是太稀奇总不过分吧？

因为奇，我有兴趣进一步了解她。身世方面，除以上推想的以外，可知的很少。词集中所表现，不过是文名相当高，曾到苏州，同许多文士（包括闺秀）有文字往还。至于造诣，值得说说的有三个方面。一是长于作曲。明清以来，读书有成的人，文以外，几乎都作诗，间或作词，作曲的不多；女性作诗的多，作词的少，作曲的尤其少。吴藻是不但能作曲，而且很当行，谱曲就是地道的曲味，上面引的一点点可见一斑。二是词的成就高，尤其擅于写长调，能够冶凄婉、绵密、通脱于一炉。举《花帘词》中我爱读的两首：

（1）浪淘沙（吴门返棹云裳妹欲送不果寄此留别）

　　双桨打横塘，何限江乡，绿波争似别愁长。最忆前宵曾剪烛，同话西窗。　　无计共离觞，踠地垂杨，数声风笛断人肠。从此天涯明月夜，各自凄凉。

（2）迈陂塘

　　一年年，花开花谢，春来还又春去。无人会得东皇意，错怨枝头杜宇。春纵住，问簌簌残红，可有安排处？春应笑语，说碧奈花开，黑罂风起，也合作香雨。　　销魂路，杨柳千丝万缕。丝丝难绾飞絮。天涯何必多芳草，门巷绿茵如许。谁复主？君不见，月楼花院留春寓，茫无意绪。但流水声中，夕阳影里，添了送春句。

　　我看，这与她的同乡前辈厉樊榭（鹗）比，也可以算毫无愧色。三，应该说成就更大的是书法。她会画，可惜我没见过。字只见过一件，是给江秬香所藏《晋任城太守夫人孙氏之碑》拓本写的题跋《满

144

江红》词一首，绍文书局影印本。小楷，挺拔秀丽，兼有柔婉和刚健的美。闺秀小楷，我见过的，管仲姬是元代大家，可以不论；晚明马湘兰以下，多数实在是字以人传，真正以字传的如曹贞秀、张纶英等，我觉得功力也未必能超过这位女词人。总之，这第一位蘋香，应该说确是不同凡响。

第二位是杨凤姝，我所知很少。那是当年查寻女诗人归懋仪的身世，知道她嫁给舅父的儿子李学璜，李学璜的父亲是李心耕，母亲是杨凤姝。杨凤姝，字蘋香，号茸城女史，苏州人。她也会作诗，诗集见著录的有《鸿宝楼诗钞》和《蘋香偶存诗钞》，因为兴趣不大，没有找来看。也就因此，对于这一位蘋香，我的所知只是，归懋仪有这样一位也能作诗的婆母而已。

第三位蘋香，说起来有些扑朔迷离。是50年代初期，我从北京东四北永光阁买到一件金笺扇面，用豆粒大小的小楷写《洛神赋》，款署蘋香女史。小楷纯熟，形体偏于扁，笔画柔婉而不挺拔，又纸的时代在嘉道以后，可见不是出于吴藻之手。字是同清末两位画家的画装裱在一张条幅上的，字居最上，推想她应该是清末相当知名的人。是谁呢？一次偶然翻《清史稿》，卷二百九十五《列女传》记缪素筠（嘉蕙），末尾说："时同被召者，马某妻阮，字蘋香，仪征人，赐名玉芬。"查金梁《清宫史略》，"命妇供奉画院"条说："光绪十九年，命江苏、浙江织造择保命妇之善绘事者，送京供奉。江苏保送命妇缪嘉惠（应作"蕙"），浙江保送命妇王韶，并入内廷，供奉画院。"如果这第三位蘋香是阮姓命妇，那她就是西太后的书画侍从，成为出入慈宁宫、乐寿堂的人物，真是后来居上了。

玉并女史

前许多年，由旧书摊买到三多的一本《粉云庵词》，词后附《可园诗抄》和《可园外集》(只收《柳营谣》一百首)，据董毓舒跋，是公元1942年（作者死后一年）所印。关于三多，我只知道字六桥，蒙古旗人，他父亲在清朝晚年作杭州副都统，所以年轻时候以阔公子身分在江南混，以后北来，经历官场，结交文士，能书会画，玩玩古董，行径近于袁世凯的次公子袁克文。董跋说他"辛巳归道山"，对照诗中的纪年，应是七十一岁，则生于清朝同治十年，是道地的胜国遗民了。

买不见经传之书，随便翻翻，有如钓鱼，震动竿丝究竟是少有的事。这次一翻。却被光绪十九年（词大部分为其后作）的两篇序文吓住。一篇是俞曲园的，说"韩昌黎以文为诗，非诗之至"，"苏东坡以诗为词，非词之至"，而六桥则"一望而知秦七黄九门径中人"。一篇是谭复堂的，说"衰迟何幸，得见成容若承子久替人邪?"其时俞曲园七十三岁，谭复堂六十二岁，对于一个二十多岁的年轻人竟如此奖掖，想来不是完全出于客气吧？赶紧翻到里面看，词六卷，篇数不少，虽然多咏身边琐事，又不乏香奁气，却总是如俞曲园所评，"婉媚深窈"，的是当行。

书翻阅一过，没想到峰回路转，竟兴起意外之趣。一是关于饮水词人纳兰成德（字容若）的。词中三次提到纳兰的双凤砚，卷五《风流子》的词题是，"同社约用此调咏余所藏成容若双凤砚"；又一次提到纳兰的小像，卷五《金缕曲》的词题是，"题新得禹尚吉画成容若小像而次其赠顾梁汾原韵"：不意词风学纳兰，而先则双凤，继之本人，都由天外飞来，真可说是奇缘了。另一是关于玉并（疑当读"冰"）女史的，由词中的歌咏，知道作者有个妾名玉并，出身于没落世家，年轻，有才，能诗文，能书画，相貌性情都很好，可惜年不及三十就死了。

此后，一次往故宫绘画馆，看到禹之鼎（字尚吉）画的纳兰成德斜倚在树下石旁的行乐图，直幅，详看题跋，知道就是三多藏的那一幅。画下方有三多题，正是那首《金缕曲》，用美女簪花格的小楷写，端整秀丽，最后署款是"玉并书"。看到这样的手迹，联想到三多词中提到的她的诗："身似梅花不畏寒，溪山香雪愿同看。红蓑翠笠新妆束，敢比寻诗李易安。"真想把这现代的《漱玉词》立刻找来欣赏一下了。

很巧，不久之后就买到收录玉并作品的《香珊瑚馆诗词》，是三多赠人本，公元1930年玉并死后为纪念她而编印的。书前有作者的小照，徐世昌《晚晴簃清诗选》中的小传，以及三多作的《玉并小传》。根据这些材料，知道玉并，字珊珊，大兴（即北京东城）人。清光绪二十九年（1903）生。四岁丧父母，就养于姑母家。聪慧，读书不少。喜作男装。十五岁嫁三多，因出自世家，为妾，讳言其姓氏，以"玉"为姓。嫁后学诗词书画，不久即通晓。尤喜画梅，据云可入妙品，并名其室曰"香珊瑚（红梅名）馆"。公元1930年二十八岁，病死。遗作诗词共五六十首，量虽然不多，我个人觉得，较之清朝中期的有名女诗人恽珠（著有《红香馆诗草》，编有《闺秀正始集》）似有过之无不及，因为有些篇什能够挣脱三从四德的拘束，有清新气。如：

诗《寓斋题壁》

时移众绿胜疏红　　幼圃亲锄细雨中
试种孟家娘子菜　　女儿今亦算英雄

词《南乡子》（棠院养疴谱此遣闷）

本草当羹汤，五味年来已遍尝。真个此身为苦器，堪伤，消瘦今春甚海棠。　移榻就红芳，绮恨和鹦忏一场。枕簟惹花熏梦去，甜乡，亏得甜乡梦亦香。

都于温婉中寓疏旷的意味，比之单单拈钗画黛是高一筹了。

记不清是读她的作品之前还是之后，一次阅市，竟然遇到她的遗砚。端溪子石，高四寸，宽二寸，作弧瓜形，蒂部左右围瓜叶。砚池上方突起一蜘蛛，制作精巧。砚背平滑，上下刻梅花，中上部仿汉宫春晓形式，圆窗一角勾起帘幕，中立一半身女子，风貌与《香珊瑚馆诗词》前的小照完全相同。左下方篆书题"玉并女史小象"，"六桥写"。砚小巧，用处不大，因为是香珊瑚馆中物，也就买了。

现在，自玉并女史之死，半个世纪过去了，有谁还记得，几十年前，在软尘十丈的春明市，还有个寻诗的李易安呢？清秋少事，我叙此旧事，聊作为在秋风的扫荡中拾取一片红叶吧。

庆珍

庆珍，字伯儒，也写博如，号铁梅，清朝末年旗下人。约生于同治年间，活到公元1940年左右，论身分是东陵侯一流人物。但拙于理财，孤高怪僻，晚年闭户，以书画自娱，右臂病痹，改用左手，又像是高南阜一流人物。

1930年以后我住在北京，喜欢杂览讲北京掌故的书，买到富察敦崇所著《燕京岁时记》的初刻本，前有光绪二十五年润芳澍田氏的序，是用三分见方的隶书写的，笔画挺拔清润，风格近于朱竹垞而略厚重，序后三行字写明是"花翎四品衔兵部员外郎姻小弟庆珍博如拜书"。就是这位富察敦崇，也是旗下人，第二年庚子亲眼看见八国联军侵占北京，写了《都门纪变三十首绝句》（平声三十韵每韵一首），也刻成书，信史而寓黍离之痛。我出于爱屋及乌的心情，颇想知道庆珍是何如人；可惜他不是什么显赫人物，日久不得也就忘了。

过了几年，因为搜罗残旧书，结识鼓楼东路北得利复兴旧书铺的主人张髯。他也是个奇人，长身挺背，谦和而古板，说是有点堂吉诃德之风虽然未免夸大，但总是具体而微。他记性好，健谈，喜欢说清末的见闻，如义和团攻翰林院一带，豪举而有如儿戏的情况，现在想起来还如在目前。关于古板，有一件事也值得提一下。书铺内外两间，外大，列架摆书，架上大书"言不二价"；内小，方桌靠墙，左右二椅，左是记账之地。按旧礼，左座为上，客人来怎么办呢？于是在右椅背上贴红纸，大书"上座"二字，以示不得已的变通。有一次，我坐在"上座"，不知怎么谈到庆珍，才知道他们原来是旧交。他说："这个人怪得很，儿女情况都不坏，却自租三间房，单独过日子。不大同生人交往，但是您去，我保证他一定欢迎。不久前还来小楼杨（茶馆，在什刹海东北岸）那里喝茶。现在更老了，不能出来；右手麻痹，用左手写字，更有滋味。"说着给我一张他的名片，上印"北平书贾（小字）张髡（大字）"，并告诉内城西北部庆珍的住址。

我当然愿意访问这位像苏东坡所说"折足铛中罨糙米饭吃"的怪人，可是不知为什么竟拖下来，不幸不久他就作古了。这之后，看到崇彝著的《道咸以来朝野杂记》，上面提到他："（嵩昆）其子庆珍，今尚在，年七十余，曾官东陵员外郎，老而贫矣。性嗜酒，官东陵时尝醉后卧道，陵工诸官嘲之曰：'铁梅先生卧车辙。'同人多厌之。予屡戒之，不听。"又偶然机会，从小市地摊买到他的书画作品，字仍是隶书，比序文的更厚重，可入能品；画为"填海图"，直立的玲珑剔透大石一块，朴而雅；印章古拙近于颓唐，神似高南阜自治印章

"南阜旧人"的韵味，想来也是自刻。这一点点手泽使我常常想到他的为人，可是竟交臂失之。俗语说，今天的事不要留到明天做。我也深信此理，可惜知之而不能行，每一念及，不禁为之慨然。

王门汲碎

1938年初，以连续的机缘，我迁到北京鼓楼以西、后海以北的一条胡同住。房的东邻是颇有名的广化寺，民国初年，北京图书馆曾经短期在这里，因而文化界的大名人，如缪荃孙、鲁迅等，经常到这里来。我租的房，据说清末民初还是个穷王府，因落魄而售与我的房东李姓。李四十岁上下，在某车厂任厂长。人严肃，有些近于板滞，同院住户称之为李先生。他的夫人王氏，身体粗壮，表情严肃认真，院里人都叫她李太太。这认真的背后好像藏有热心的力量，所以给人的印象是宽厚而迂阔。

住了一个时期，才知道李太太原来是王铁珊的二女儿，名用骧。王铁珊，名瑚，定州人，推想或是刻《畿辅丛书》的定州王氏的后代。他是清光绪二十年甲午恩科进士，与张謇（状元）同榜，李先生的父亲也是进士，想是由于这种关系两家才结了亲。

王铁珊在民初是相当有名的人物，原因的少一半是官不算小，作到京兆尹，多一半是言行远于世俗，清廉至于迂腐的程度，常常引人发笑。据说任京兆尹时期，春天出外干什么去了，碰巧这时候夫人从原籍来要钱，趁农忙之前修理住房。衙门管财务的人问明来意，由公款里暂支与三百元，打发走了。过几天，王铁珊回来，管财务的人报告此事，意在表功，不想长官大怒，要惩治，连夫人也算犯罪，罪名是携款潜逃，一时传为笑谈。他的这类故事多得很，再举一件。他是冯玉祥的老师，因为操行严正，冯将军非常尊重他。20年代，冯将军一度占领北京，想请老师出任故宫博物院院长，他坚辞。据说措辞是这样："我自信一生清廉，不爱财，不贪财。故宫宝物很多，我当然不会偷。可是故宫好书也多，我爱书，当然也不会偷。不过只要一动心，我就完了（意思是不再是完人），所以决定不干。"历史上记载的清廉，有些是假的，至少是夸大。王铁珊不然，就我们所知的一点点看，是货真价实。他晚年很穷苦，为了糊口，到辅仁大学教书，据听过他课的蔡君说，冬天上课，总是穿那件灰布破皮袍，像是不能保暖，讲几句就掏出手帕擦鼻涕。就这样不久作古了。夫人在原籍，后来不能活，来北京依靠二女儿，住在西院南房。有一年秋天，我的妻去看她，说了几句安慰她的话。她说："我比老头子活着时候好多了，你看，我现在能腌满缸咸菜，老头子活着时候可不成，他说那得多少钱，所以只能腌半缸。我现在倒自由了。"妻回来说与我听，我想起《韩非子·五蠹》里的话："今之县令，一日身死，子孙累世絜驾。"一时觉得"今之古人"的话并不都对，可是"古之今人"的话又说不通，可谓一笔胡涂账，不禁失笑。

且说房东李太太虽系女流，身心却都有乃父的风度：身，体格魁梧；心，正直而和善。李家经济情况比较好，工资高，有房产，可以收租。在社会交往方面，夫妇态度差别很大，李先生是杨朱派，愿意尽量少惹事；李太太是墨翟派，兼爱，愿意普度众生。李先生要上班，白天不在家，于是李太太就有了英雄用武之地。院里住户不少，或这家或那家，总会出现这种病或那种病。李太太稍通医道，于是听到谁家有了病人，她就登门去探视，谈治法，开药方，推测无力医治就送钱。临走总是嘱咐一句："千万不要让李先生知道，他不让我管闲事。"院里一家姓于的，收入少，孩子多，不是穷就是病，李太太开的药方最多，送的钱也最多。对于我家，大概知道我们对中药兴趣不大吧，开药方次数不多。但我们都敬重她，因为知道她的诚厚为世间所罕见。譬如有一次，我的妻同她谈闲话，说她的二儿媳为人不坏，她说："你不要信她。那次她儿子拆公用厕所的砖，你拦阻，她一直恨你。"还有一次，我一个同学来吃午饭，用他习惯的大嗓门说天说地。李太太听见，以为是吵架，执意要来劝。儿女拦阻，李先生反对，才勉强作罢。事后，她的女儿当作笑话告诉我们，我们才知道。

想不到，她的诚厚也曾引来麻烦。"文化大革命"来了，风气是批判，除了极个别的以外，任何人都被怀疑为坏人。李太太是"匹夫无罪，怀璧其罪"，自然要批判。挖掘材料，于是找到于家。于家女的不识字，自有应时义士代写大字报，"揭发"不少开药方送钱的事实，最后"上纲"，判定为"收买贫下中农"。幸而这个罪名连"被收买"的于家也不信，于是低头而继以忍，日久天长也就过去了。另一个风波是在"小组讨论"中清算三代，她父亲是官僚，当然是坏人，照规程应该"自动"批判。可是她说她父亲是好人。自动不能完成，自然要"他动"批。发言的不少，绝大多数是用颠扑不破的理论证明，"作官的都骑在百姓头上，没一个好人"。少数略知情况的由另一个方面立论，是凡清廉都是伪装，实际必是贪污。批到言无不尽的时候，问李太太有什么感受，她仍坚持她父亲是好人，一生清廉，没贪过一文钱。到一天的末尾，只好散会。第二天继续，第三天继续，情况还是这样。难得结束，有个聪明人想个办法，委托李先生开导她，意思是只要说一句，那时候我年轻，不清楚，也许不好，就算完。下一天，大家怀着胜利结束的希望来开会，静听李太太的发言，是："昨晚上李先生劝我，让我说几句假话，过去就得了。我不答应，气得他拧我。拧我我也不能说假话，反正我爸爸是好人，一辈子清廉，没贪过一文钱。"会就这样以全场暗笑告终。

王门还有一个人，是李太太的胞弟，也值得提一下。这位先生文化不低，不知受了什么刺激，精神出了毛病。50年代，生活没有着落，来投奔姐姐，住在外院一间小西房里。孩子们叫他王疯子，没有人理他。他也粗壮，面部沉郁，总像是思索哲学问题的样子。走路步法很有特点，总是左足迈大步，曳着右足随着向前移。他既不打人，又不骂人，有时自言自语，像是背什么诗句。他虽然有病，可是言谈举止仍不乏严肃认真的风度，所以我总是客气地对待他。他有时到我屋里来，常是紧走到桌子跟前，用力拍一下桌子。我问他这是做什么，他说："拍案惊奇嘛。"我请他坐下，同他闲谈。有时谈到他父亲的为人，他总是立刻站起来，略躬身，两手下垂，像侍立的样子，直到话题转了才坐下。有时候，刚坐下，又谈及，于是又站起来。碰巧这样反复，帘后看着的孩子就哈哈大笑。他却郑重其事，认为理所当然。他体质好，饭量大，没想到50年代末，困难时期来了，人人缺粮，只得各自吃自己能得的那一份。别人差得少，他差得多，终于没有耐过去，死了。

60年代末，我终于不得不迁到西郊，与住了三十多年的院落，以及可尊敬的李太太，离别了。此后，由于种种情况而自顾不暇，连再去看看旧居的余裕也不再有。大概是70年代末吧，一个旧邻居来看我们，说李太太得了一点小病，大家都不以为意，可是竟越来越恶化，死了。得病初期，她曾让家里人给我们写信，说很想我们，可是家里人说，大家都忙，没事，不必麻烦人，所以没写。我们听了，心里很不好过，死之前没有再见她一面，辜负她怀念的盛意，真对不起她。现在，又几年过去了，有时想到她的为人，觉得应该纪念她，所以写了这篇"秀才人情纸半张"的小文。

刘舅爷

我的曾祖父有三个儿子。我的祖父行二，祖母是村西南不足一里的冯庄人，姓杨。大祖母也是冯庄人，姓刘。两位祖母都有一个弟弟，我们称之为舅爷，如果加上姓，一位是杨舅爷，一位是刘舅爷。杨舅爷出于好赌博之家。他父亲怎么样，我不知道；他母亲很好赌，据说曾有一次输掉一头驴。总是因为近朱者赤吧，我祖母也好赌；连带我父亲也好赌，曾有一次输掉一匹骡子，应该说是后来居上了。这好赌的遗风影响我家里生活很不小，母亲几乎生了一辈子气，我弟兄出外上学，也因此而经常穷困，这且不谈。我很小时候，也许因为大祖父有女无子，照旧礼应该由我父亲过继，所以祖父辈分居，应该三分天下而成为二分：三祖父分出去，到南院另过日子；大祖父和我祖父仍然合为一家，住在北院老宅。

言归正传，说这位刘舅爷，用现在的眼光看，是集朴实与赤诚于一身。人中等身材，偏于瘦，面黑，这没什么新奇，农民几乎都是这样子；新奇的是永远没有笑容，说话经常生硬，甚至到难听的程度。此外还有一个特点，是除了冬季以外，长年光着脚走路。他像是没什么特长，勉强可算的只有一点点。一件是，他是焖饭专家。我们家乡不产稻米，中产以上人家有婚丧事，招待亲友要用稻米，以表示超过常态。做稻米饭习惯用大锅焖（米放在锅里，掺和适度的水，用柴烧熟），不用蒸。焖饭，邻近两三个村都是找刘舅爷。说是不但焖得好吃，而且估计用米多少，有把握。另一件是种秋天的萝卜，说是长得个儿大，口味甜。记得有那么一年，他在我们村西种了一亩多萝卜，我从那里走过，他给我拔一个，果然很好吃。还有一件，是人好求，不管多费力，只要求他做，他都不拒绝，因此，村里许多出外跑路的事总是由他去。

可是奇怪，从外表看，他是最不随和的人，尤其跟我们未成年的人，几乎永远不说话。——我们也不想听他说话，因为太生硬。记得有一次，他光着脚走过我家门外，碰巧我嫂子在门口。嫂子嫁过来大概不到一年吧，是新妇，于是恭恭敬敬地说："舅爷，您到哪儿去？请到家里坐吧。"没想到他答道："我没事，到家里干什么！"嫂子碰个大钉子，莫明其妙，进来跟我母亲说："舅爷不知道为什么生气，我请他进来坐，他说……"我母亲说："你不必在意，他就是这样说话。可是人特别实在，向来不挑人家礼，你就是不理他，他也不说什么。"

不挑礼，大概据他看，这类应酬话有没有都无所谓。对于他认为有所谓的事就不然，他会完全变成另一个人。还记得一件，可以算作轶事吧，无妨细说说。在乡村，老头儿们起得早，到街头或各家转转，到吃早饭时候才回家吃饭。某一天，是镇上的集日，他早起出去，转一会回来，怒气冲冲，坐在炕边，不吃饭。舅奶奶问他为什么，他不言语，再问，还是不说话，只好不管他。这样过了一会，忽然听他说道："还不如把人家宰了呢！"问他这是什么意思，他说在谁家，看见那家正在向棉花里喷水，准备拿到集上去卖，简直把他气死了。他又说他决定到集上去，不让人家买他的。家里人劝阻，他不听，去了。直到接近中午才回来，出乎意料，表现为高兴的样子。问他，知道情况是这样：他到棉花市，站在离那掺水的棉花不远，看见有人往那里走，就拉他一把，小声告诉人家，那棉花掺水了，他亲眼看见，不要买。就这样，一直守到将近中午，看见一个半老的汉子去买，这个汉子在市上转了很久，想用狡诈手段骗几个卖棉花的妇女，没成功，"这次是狗咬狗，我不管，活该！"结果那汉子真就买了，所以他高高兴兴地回了家。

刘舅爷没有活到上寿，死了。其时我已经不在家乡。但有时想到他，连带想到他的姐姐，我的大祖母，以及他的甥女，我大祖母的长女，我的二姑母。大祖母也没有活到上寿，死的时候我刚上小学。但她的影像一直活在我心里：纯朴、温厚、勤勉的老太太。母亲常说："没见过像你大奶奶那样心肠好的。门口一来讨饭的，她拿起饽饽就往外跑。在屋里简直坐不住。"母亲还告诉我，我三四岁时候，不知得了什么病，发高烧，渐渐不成了，地上铺上卷死孩子的席，把我放在席上。大奶奶来了，看着心疼，抱起来在屋里来回走。过一会，说居然又喘气了，就这样又活了。但是大祖母的宽厚，加上迷信，也曾招来小麻烦。外院东房存杂物，常见一条大蛇，后院存棉花的北房常有黄鼠狼出入，大祖母说这都是财神爷，谁也不许招惹它。后来，清理存棉，发现里面已经成了黄鼠狼的家，损失棉花不少。那条大蛇最后被孩子们打死，那是大祖母下世一二年之后的事了。

二姑母高寿，活到将近九十岁，1963年才下世。我的印象没有30年代以后的。人也是过于宽厚，像是一生没说过谁有什么缺点。特别喜欢说媒，这引经据典是"君子成人之美"，用世俗的话说是"胜造七级浮屠"。但她似乎做得未免过分，就是为了系上红丝而说些夸大失实的话。但这也许她就是这样看的，所以由动机方面看，或者仍须算作她的优点。说来也可笑，"上天不负苦心人"，我的妹妹和一个表妹，都是信了她夸大的话嫁出去的，可是结果都不坏。

大祖母，刘舅爷，二姑母，都不识字，可是他们都有一颗纯洁、朴厚、火热的心。我是识字的，而且能背"文莫（黾勉）吾犹人也；躬行君子，则吾未之有得"。这常使我想到知与行的关系，想到"逝者如斯"，不禁为之三叹。

看报，见到一则消息：张效彬的后代爱国，把先人收藏的许多名贵文物献给国家，其中有宋拓颜鲁公多宝塔。这本碑拓我见过，于是想起张效彬这位邻居老人。

他名玮，字效彬，号敔园，河南固始人。他父亲张仁黼在清朝光绪年间作到部院级官，吏部侍郎和副都御史，这为他一生的经历埋下了根。其一是他不寒苦，有机会到英国剑桥大学去学经济学。其二是有机会很早就亲旧学，因而脑子里装上不少封建事物，也因而后来有个时期在大学讲《经史百家杂钞》。其三是继续玩古董，连先人的收藏章"镜涵榭"也继承下来。他官没有父亲高，可是范围却后来居上，就是说，作了出国的官，驻帝俄远东哈巴罗夫斯克（伯力）的领事。时间在十月革命前，风暴来后他回国，一位作他秘书的白俄小姐随着来，后来嫁了他。他的大成就是玩古董，用文雅说法是成为文物专家，尤其碑帖，据说在国内可以首屈一指。

成为邻居之前，他住在我家以西，后海北岸他妹妹的住宅里。他妹妹嫁在李鸿章家，据说外甥同他合不来，他想迁出。其时是50年代初，恰好我的房东想把住宅西院割让，他就买下来。略事改建、整理，他就迁过来。起初两院相通，间或有交往，于是我同他就熟起来。他身材短小，比起他的夫人张玛丽要矮半头；可是强健，精干。他的夫人丰满、健壮，也许比他年轻二十岁上下吧，据说除俄语外，还精通英语、法语和德语，一直在外贸学院任教授。夫人没生过孩子，所以家里只夫妇两个人，雇个老年男子伺候他们。夫妇的癖好大概很不同：男的厚古，没有一点时代气息，给人的印象是怪；女的崇今，好打扮，身上总涂不少香料，胡同的孩子们都叫她香玻璃。

为了礼貌，我有时候去看看他，也顺便看看他的收藏。他在堂屋待客，夫人在西间，很少出来。可是夫妇间或还交谈，用英语，想是因为男不能用俄，女不能用中。他健谈，喜欢说些文物方面的掌故，也喜欢说他自己的养生之道。有时候拿些书画碑帖让我看，总是一面看一面讲这一件的可贵之点，如多宝塔，就说这是全国最好的一本，超过故宫哪一个本子。堂屋东墙照例挂着字画，而且经常换，有些并不稀奇，如清朝成铁翁刘之类，可是都很精。可见他在这方面确是成了大内行。

他常常同我谈起他走这条路的因缘。他任领事时期，为公事亏了两万元。回国以后他找北洋政府，因为确是公事，官方不能说不给。可是催讨三五次，给几百元，这要何年何月偿清？他索性不要了，搞古董，过了几年也就还清了。他说，经营古董，既要眼力，又要机会，比如正月厂甸半个月，他天天起早去，只要遇见一件，一年的生活就够了。这是他的经验之谈。是60年代初，我一天晚上到他那里去，他指着案上一个画卷同我说："这是刚买来的，丁云鹏的人物，店里当假的，定二十六元。当然，他加十倍也买不回去了。"

邻里的人都看他怪。用常情衡量，他确是怪。比如都知道他很有钱，可是他向来不坐车，出门，不管远近，总是走。在这方面，他还有近于阶级的理论，一次同我说，凡是走着来看他的，他一定回拜；凡是坐汽车来的，他一定不回拜，并且告诉来访的人说，因为没有汽车，恕不能回拜。我发觉，他的言行是一致的，比如每年新正我到他家，第二天他一定也来一次。我有时想，他的怪可能与想法过时而又认真有关，比如有一次，他托我代他出让端砚两方，理由是，因为他的斋名是"二十砚斋"，日前买了两方，与斋名不合，所以必须让出两方。

他更自负的像是他的养生之道。他说五十岁以前，他浑身是病，后来他明白了，应该由心理方面治，就是要"不着急，不生气"。这样练习了几年，病全好了，直到八十岁，还是耳不聋，眼不花。他对他这个秘方有坚信，而且不惜以金针度人，我的妻体弱，常常告诉我，她又遇见张老先生，张老先生还是说那一套，要不着急，不生气。我当时想，人都有所迷，由旁观者看来就未免可笑。

后来事实证明，大概是我错了。那是1966年的8月，"文革"暴风雨刚到的时候，有一天，入夜，听见西院吵吵嚷嚷。我们静听，知道是自西而东，抄家到了这里。人声嘈杂，听不清。中夜前后，声音稀了，听见有人问："说！枪埋在哪里？"答话："我一生手没沾过枪，确是没有。"是张效彬的声音。第二天早晨，开来两辆卡车，装运抄没的文物。后来妻听邻人说，张老先生真有修养，许多古董是他用报纸包，用绳捆，并嘱咐千万好好抱住，交给国家，运走的。

几十年的积聚，完于一旦。但是听说，他仍旧像往常的样子，生活不改常态。这样过了一个时期，忽然听说，老夫妇都被捕了，男是从家里，女是从路上。为什么？局外人自然不得而知，有些人推测是同外国人有来往。其后只听到两次消息：一次离得近，是男的来信，让女的给送一些手帕等日用品；一次离得远，是两个人都死在狱里。推算一下，这位怪老人大概享寿八十六七岁。

一晃十几年过去，文物由后代捐献，可见冤狱已经平反。虽然死者不再能知道，我总要为他们庆幸，应该安息的可以永远安息了。

40年代晚期，在熊十力老师的住所，我第一次遇见邓念观。念观是他学佛学的道号，原名是什么，一直没问，所以不知道。只知道他是湖南人，大概因为老兄某某曾在北京大学讲逻辑课，所以也来北京住。他没有职业，在北城拈花寺寄食。个子不高，圆头平肩，目炯炯有神，对人谦恭有礼。他会看相，初遇的那一次也曾给熊先生看相，判断体质如何，时运如何。

对于这寺中寄食，王播式的人物，也许不免好奇吧，过了不久我就去看他。他住在寺中正殿之东一个小院，坐北向南的一间小屋。房子破旧，室内用具衣物不只破旧，而且杂乱。一个书架，上面多数是佛经。床上摊着被子。坐具有二，一个可坐可卧的藤椅，上面也摊着被子，还有一个小凳。他健谈，知道名人轶事不少，但是在上天下地之中，仿佛有个总纲在，这是他的人生哲学，提要说是万法皆空，定中有慧。他住在寺里，不是白白寄食，有时要给小和尚讲一些什么。长谈了一次，我发现他知识很博，这不算什么；可贵的是深沉，见理明，守道笃。总之是对他怀有敬意，所以以后交往就多起来。

时间长了，了解得越来越多。他学的会的东西不少。早年在上海上学，推想是复旦公学，曾经和陈寅恪先生住同屋。后来转为学医，是什么学校，他像是没说过。他会英语。还会德语，在北京住，大概是为了换些衣食之资，曾经协助德国人李华德译《肇论》为德文。中国旧学，尤其佛学，像是知道得很不少。至于看相，是怎么学的，有没有一些可靠性，问他，他总是说，不过随便谈谈。

他为人随和，客气。我住在鼓楼以西，拈花寺也在鼓楼以西，稍偏北，我们距离不远，他常到我家里来。妻敬重他的为人，怜惜他穷苦，总要招待他喝茶，吃饭。他总是表示不安，吃完饭就辞去，说是不能耽误人家休息，并且一面走一面道谢。同院人也都欢迎他，称他邓老先生，常常求他看相。他不拒绝，态度很认真，看了面部看手掌，然后下断语。据由他相过的妇女们说，很准。我听了，笑了笑。

同院妇女们看到的是他入世的一面，觉得他可亲；我看到的是他出世的一面，觉得他奇特，有些事情非常人所能理解。他孤身住在寺里，没有谈过年轻时候有没有伴侣。后来才知道他有个女儿，夫妇二人在某学院任教，没有孩子，屡次接他去同住，他都拒绝了。妻听到这事，感到不理解。我是理解的，他这样似乎不近人情是为了减少人事麻烦。有一次，他同我说，他的女儿曾批评他，说他不是毫无所能，只是太懒。他说完，笑了笑，我也笑了笑。他笑，我体会是禅宗的机锋，意思是《庄子·逍遥游》所说："鹪鹩巢于深林，不过一枝，偃鼠饮河，不过满腹。"所以我也报以机锋，用一笑表示我明白。可惜也只是明白，至于行，那就相隔十万八千里。举一些小事说吧，拈花寺的小屋，残破，每降雨必漏。有一次，我去看他，赶上下雨，屋里不断有滴水击盆声。我一阵阵觉得，像这样艰苦实在难忍受，可是看看他，却处之泰然。床上椅上的被子永远摊着，问他，才知道是避免叠了铺、铺了叠的麻烦。我忽然想到英国戴维斯的《流浪者自传》，萧伯纳看了曾经幽默地说："想到自己坐火车总要买票，真是惭愧。"这是说，习俗这条绳的力量太大了，上者想挣脱而力不足，下者是连想都不会想到。这个意思，我有一次同妻谈到，妻表示，邓老先生就是太懒，太怪。

妻代表一般妇女的见解，离邓老先生太远。——其实，我离他又何尝近？我想，这一点他是很清楚的，所以有一次，他很严肃地同我说："不管多忙,《金刚经》要常念,《大智度论》,至少要通读两三遍。"这爱人以道的善意，我领会，纵使我的对待办法只能是"道不同不相为谋"。

"文革"的暴风雨时期，他迁到靠近地安门，我们虽然仍旧离得很近，可是来往断了。大概是1968年的春夏之交，我偷一点点空闲去看他。在门口遇见一个儿童，问我找谁。我说来看邓老先生。他说死一年多了。我一愣，但接着也就坦然，因为推想他崇奉定中有慧，或者能够处之泰然吧？只是想到他的教导，我自始至终是敬而远之，总不免感到深深的歉意。

魏善忱

常言道的"常言"，绝大多数很有道理，因为建基于丰富的经验。值得深思的常言之一是"人苦于不自知"。泛泛说，不少男士才仅中人，可是总觉得自己才高学富；不少女士貌仅中人，可是总觉得自己环肥燕瘦。碰到具体的事，不少人，包括所谓很了不起的人，自作聪明，以为这么一来可以万事如意，结果却常常适得其反，所得不是万事如意而是后悔莫及。——知人就更难了。自知是有所知，只是知得不对，或不全对；对于人，有时就连有所知也谈不上，因为所得的一些零星印象有如烟雾，看不见后面究竟是什么。我有个熟人魏善忱，1944年春天被日本宪兵队抓去，传说不久牺牲了，我每一想到他就感到困惑，慨叹知人之难。

我开始认识魏先生是40年代初，什么机缘，在何地，都不记得了；只记得印象是，他样子既像面团团的富家翁，又像北京祥字号绸缎庄的二老板，未语先笑，和和气气。他是河北正定人，其时年过半百，在某学院哲学系任讲师。听说还兼任某佛教学院的教务长，并住在广化寺，可见专业是佛学。可是见面，他向来不谈佛学，也向来不说自己的兴趣是什么学，我想这大概就是"良贾深藏若虚"吧。

一个偶然的机会，发现他还通医道。后来抱着试试的心理，也求他看过病。他是中医的路子，先摸脉，然后处方，开中草药。照方吃，病真就好了。以后见到某学院的许多人，提到魏先生看病的事，都说没有一次不手到病除的。我疑惑他的专业是医道，佛学是业余爱好。一次宛转地问他，他只是谦虚地表示，都是当年随便玩玩。不会什么。事实是，大家都觉得，他的医道之精，恐怕超过当时的许多所谓名医。比如有一次，我的好友韩君的孩子病了，很重，简直有危险，找魏先生，碰巧也在病中，不能出门。没办法了，魏先生详细问了孩子的症状，于是在床边写了处方，其中用了全蝎等很厉害的药，拿回去吃，居然很快就好了。

这样，渐渐，在某学院，他上课讲佛学，下课等于开了义务诊所。他忙，但是乐于帮助人，向来不表示厌烦。他还处处为人着想，比如处方上用了"厚朴"，价比较高，他总在药名下注明"普通的"。我曾问过他，这力量一样不一样。他说完全一样，并说他开过药铺，这一套标明上等以图多赚钱的伎俩他都懂，所以，只要他们问要什么样的，应该说要次的。关于这种情况，他还用他经历的故事来说明。一次，他在天津，经朋友介绍，某租界的某寓公请他看病，他开了两剂药。过了两天，又来请他。他去了，一摸脉，病状如故。他问药吃过没有，家里人吞吞吐吐。他一想，明白了，是嫌药贱，于是说："上次开的方是想试试，力量小点，这次开力量大些的吧。"于是仍用那个处方，加几味没作用的贵药。到药铺去买，一剂六十块大洋，寓公高兴吃了，好了。他说，其实吃那一剂六角的，效果完全一样。这都可以证明，他对于医道和世情已经到了精通的地步。

再后来，听谁说，他还通书法。其时我的一个老同学裴君，经营小本生意之暇，对书法有兴趣，正在练习汉隶，想请人写个斋名，于是我取"意在笔先"，王羲之有"要存意思"的话，求魏先生写个"存意斋"的横幅。魏先生很快写了，字作隶体，笔画圆润而浑厚，可入能品。魏先生牺牲之后，这个横幅一直挂在裴君的卧室里。

1944年春，日本所谓的大东亚战争前途不妙，占据中国的侵略势力回光返照，疯狂地镇压抗日力量，驻在北京前门外东珠市口天津会馆的所谓什么什么部队（北京人称之为宪兵队）大量地捕人。连续地传闻，某日早晨，谁谁被捕了。人人都明白，那是地狱，进去容易出来难，所以都心情紧张。大概是三四月吧，忽然听说魏先生被抓走了，其时他住在德胜门内以东武庙旁，身边只有妻和一个女儿。原因，具体的自然难于知道；概括的，当然是有抗日的活动，至少是嫌疑。有活动？在哪里？在北京？在正定？似乎都同他这温厚长者的表现合不拢。可是他终于没有活着回来，而是永远连消息也不再有，直到日本投降之后还是这样。更悲惨的是他被捕之后，夫人急得病了，大概半年多吧，就下世了，只剩下一个女儿，只得离开北京，也许回原籍了吧。

严复译《法意》，在序文中引孟德斯鸠临终时的话："帝力之大，如吾力之为微。"对于魏先生，就这样不明不白地分别了，竟连他的结束也终于不能知道。日，月，年，相加，过去的事渐渐模胡，这位温厚长者的影子也越来越淡了。是几年前，裴君还健在，一天晚上，灯下在他的屋里共酒饭，抬头看见"存意斋"的匾额，下署"魏善忱"，不禁勾起许多联想：像这样一位，各方面有高超的造诣，也许这些不过是他的更大事功的浮面的一些枝节吧。他究竟是怎样的一个人呢？

金
禹
民

我住北京多年，认识不少旗下人，其中有些是知名的或比较知名的，金禹民是比较知名的一位。他的专业是篆刻，可是会的技艺比较多。刻印精致是很多人都知道的。他还能雕印纽，据说成就在刻印之上。他自己在这方面也颇自负，有一本纽拓，收他的作品几十件，曾托我求叶恭绰老先生写题跋，叶老许为可以比杨玉璇、尚均等。他还能刻砚铭。砚石坚韧，不像寿山、青田等印石柔而脆，刻得刀深口圆很不容易。可是他的世俗之名是刻印，因为印用处大，求他的人多，用现在通行的话说是大众化。金先生于1982年初作古，他的弟子金煜为纪念他，编了一本《金禹民印存》，名"印存"，当然只收印刻而不收其他。

我由同学李君介绍，在40年代晚期同金先生结识，以后交往颇不少，也求他为自己、为别人刻了一些印。对于这样一位故友，依礼，我不应该妄加评论。可是人各有见，有而不说也未必合适，所以还是想"亦各言其志而已矣"。金先生幼年贫苦，由商店学徒而拜寿石工为师，钻研治印。他多次同我说，他年轻时候失学，没有文化。

还有一次，是"文化大革命"后期还在反资本主义倾向的时候，他说他业余为人刻些印，完全是小手工业者的活动，不能算卖稿，求财求富。这情况有优越的一面，是勤谨、朴实，没有有些所谓什么家那样的望上不见下的习气。但也有不优越的一面，是模仿之功多，独创之功少。由原因方面说是容易受过往传授的拘束，因而闯新路、立新派比较难。我见到金先生刻的印不少，总觉得在模仿方面成就非常高；自我作古，就至少是特点不怎么明显，或说平平。这深入一层说，或者可以比之明代大画家仇英，手下功深，心中功浅。

说起模仿，金先生的功力是惊人的。他晚年在故宫博物院复制工厂工作，复制院藏古名贵书画，其上加盖的印章都是他仿刻的，凡是看过展出的都认为可以乱真。他有一次同我说："我现在成了作伪专家了。"作伪，不只是刻，还能写。我见过隋展子虔《游春图》的复制件，后面冯子振的跋，笔姿刚劲、痛快、飘逸，可说是与真迹不差毫厘，也是出于金先生之手。我曾问他，这是不是用勾填法。他说不是，就是放在旁边临的。我禁不住赞叹："真是神乎技矣！"这还只是模仿"形"，还能模仿"神"。他治印，刻边款时候常写，"颇有秦小印意"，"仿汉印，略有似处"。我和有些友人请他治印，有时候甚至拿着印谱去，说其中某一印的风格，我们喜欢，希望也刻这样的。金先生为人谦虚，总是不以为不敬而照办，及至刻成，必是风神宛似。这都可以显示金先生手下功力之深。

上面说功力，曾拉古人仇英来比拟。仇英也是出身不高，可是因为功夫纯熟终于成为大家。金先生也是这样，治印，不管是模仿古人还是自我融会，大多数能够做到朗润、苍古，所以不愧为大家。书法也是这样，晚期致力于篆，同样是纯熟而显得精美。前几年在琉璃厂荣宝斋见到他写的一个横幅，大概是"推陈出新"吧，笔画苍劲典雅，结体匀称精巧，觉得很美。我说"美"，意思是，味道有如读晚唐诗，很可爱，但是又像缺点什么，这什么也许就是《古诗十九首》那种朴拙和厚重。总之，金先生在这方面的成就还是纯熟。纯熟惯了，就难免在精整方面用力过多，例如有一次，是他住在北城小石桥时期，左臂已经风瘫，我看他写篆，字大到尺许，许多笔画都是重新描一两次，这写出来虽然很好看，也许稍欠本色吧？

我说稍欠本色，是《春秋》责备贤者之义；至于说到为人，金先生一贯是非常本色的。譬如说，求他刻印，有时兼用他存的石头，他总是说石头来价很便宜，不肯多收人家钱。其实他常常很穷。60年代初他告诉我，当年他也喜欢藏砚，买了几十方，后来缺柴少米，都卖了。60年代末，他当然也要到干校去接受改造，因为推想去易返难，所以决定毁家，连老伴一齐上路，没想到时间不很长就放还，人存物亡，又一次破了产。穷，他守身如玉，到刻印已经成名的时候还是——用他自己的话说——小手工业者作风，以余力刻几方，换一点点钱，买柴买米。

本色与诚实大概是一回事。金先生谈话直爽，有一说一，有二说二，决不因考虑得失而隐瞒。有一次，谈到某人送贵人礼请齐白石治印的事，他毫不思索地说，那两方图章是他代刻的。还有一次，我从旧货铺买到一方螭纽青田石章，阳文，文字是"寿如金石佳且好兮"，边款是"雪澂先生属黄士陵作印"。我的朋友王君多年喜欢刻印，见到这方出于黄牧甫之手的印，也替我高兴。我于是拿给金先生看，他说这是他照印谱原样仿的。传说明朝文徵明不是这样，有人请他鉴定什么，分明是伪品而他不说，以免人家扫兴。古今相比，我觉得金先生的作风像是更好一些，情况是心里少曲折。说起题款真伪问题，金先生几次告诫我，应该多疑而少信。他说，譬如丁敬、黄易、赵之谦等大名人，他多年刻印，或者由刀法上还可以分辨一二；至于外行，那就非受骗不可。玩砚台也是这样，他昔年买砚，把名人砚铭都看作假的，因为天津徐家（徐世昌、徐世章）的砚都是他刻的，都是先写在纸上，后往石上翻。"您想，我能向这块上翻，不是也能向那块上翻吗？"金先生刻的砚铭，我没见过；但这样极端的"疑古玄同"的看法，我未敢全盘接受。我常常想，总是因为有真的，所以才有假的。但我终归从金先生那里得到很多教益，知道造假之易和造假之多，看古董不可轻信。

最后见到金先生是在小石桥。其后金先生迁到东郊，距离远了，又因为精力不济，也就没有再去。没想到轻易就永别了。日前翻翻《金禹民印存》，不禁想到许多旧事。老成凋谢，我还剩有什么呢？除记忆以外，还有十几方他的手迹，其中仿吴昌硕的"蓝天尚在且尊所闻"，仿黄牧甫的"前见古人"，六朝体的"乡往生涯"，以及友人李君的遗物"燕赵乡人"，都是金先生五十岁上下所刻，笔力雄健而纯熟，总是难得的了。提起难得，想起金先生自己的损失。那是40年代，金先生给日本作家武者小路实笃刻了印，武者小路先生送金先生一张画，作为回报。一方尺的纸上画两三种蔬果，下署"实笃"，画和字都古意盎然。这张画装在镜框里，一直悬在金先生住屋的墙上。"文化大革命"之后去访他，看墙上，画不见了，问他，说也丢了。我们心照不宣，相对苦笑了一下，过去的只好让它过去吧。

刘佛谛

周末总是很快地来到，昔日晚饭的欢娱已经多年不见了，可是忘却也难。对饮一两杯，佐以闲谈的朋友不过三两个，其中最使人怀念的是刘佛谛。

刘佛谛名旌勇，字义方，佛谛是我建议他采纳的别名。我们最初相识是在20年代后期的通县师范，都是学生，他比我早两年。说起相识，只是在洗脸室里，我们都到得晚，他很胖，动作迟缓，就外表说，像是在羊群里孤立一头牛，所以给我的印象很深。印象深还有另外的原因，他在学校以幽默出名，常说笑话，遇事满不在乎；又口才好，有相声的才能，据说一个人可以开教务会议，模仿校长、训育主任，以及有特点的教师，可以惟妙惟肖。当时给人起外号成为风气，他的外号来自英语，是fat，因为面容苍老，称呼时前面还要加"老"；有少数人宁愿直截了当，呼为老胖子。

当时究竟谈过话没有，现在不记得了。以常情推之，他是知名人士，我不是，也许对于我，连印象也没有吧？到30年代初，我上北京大学，住在沙滩一带，他原在山海关教书，大概因为东北沦陷，那个地方不能再安身，也到北京来，并也住在沙滩一带，于是交往就多起来。我们都穷，但吃好些的欲望一如常人，于是就常常在一起用小煤火炉做饭吃。吃什么要由手头的松紧决定，松时自然很少，所以经常是买十枚铜币的肉，这样也可以饱餐一顿。有时候，不管由于什么原因，决定破例，就花七八角钱买个猪肘子，用微火炖烂，对坐享受一次。总之，是渐渐共苦乐了，交谊就越来越深厚。

当然，交谊的深厚不是，或主要不是来自共同做饭吃，而是来自越来越相知。我发现他的为人，是两种性格的奇妙混合。他处理有关自己的事，是个乐天主义者，随遇而安，甚至及时行乐；谈天说地，扯皮取笑，常常近于玩世不恭；喜欢吃喝，常常顾前不顾后，简直可说是个享乐主义者。但是对人就完全不同，就是嘻嘻哈哈时候也决不越礼，并且，更可贵的是真挚，对老朋友总是热心关注。这种性格的影响有好坏两个方面。好的一面是与不少人建立了深厚的友谊，甚至死后还留在人的记忆里。坏的呢，都是与他自己有关的。他聪明，新旧学造诣都不坏，可是因为乐天，不急于事功，应该有成绩而竟没有留下什么。

依古训，应该躬自厚而薄责于人，还是多说他的优点吧。总的说，最值得怀念的是在坎坷途中相互的扶助。这常常是在面对之时，周末的共饭，闲谈，抚今思昔就是一例。也有时候不是对面。例如有一次，他住在家乡永清县一个村庄，是五月节前，穷得连买菜钱都没有了，家居无聊，到镇上散散心，万没想到接到我寄去五元钱的信。

回信说，他最不喜欢吃倭瓜，可是穷得要命，只能吃院里自种的倭瓜。五月节来了，想换换样，居然就由天上降下五元钱，可见上天无绝人之路，云云。我接到信，既欢乐又感慨，想到他曾开玩笑，说天老爷最胡涂，譬如他最喜欢吃鱼，可是鱼有刺，最不喜欢吃倭瓜，倭瓜却没有刺，如果让鱼刺生在倭瓜里会多好，于是又写一封信，说幸而天老爷胡涂，如果聪明，让鱼刺生在倭瓜里，他的境遇就更可怜了。

此后不久，他回到北京，经人介绍，到宁晋县去作秘书工作。行前同我商量，说当教师惯了，改行，有些不安然，想改个名字。我说，就用昔年的外号，由英变中，写佛谛，不是很雅吗？他同意。就用这个新名前往。以后来了一封诉苦的信，说不止一次，遇见所谓通文墨的人士，见到他的名片就恭维说："您一定是佛学大家了。"他说不是，对方以为是谦虚，他越矢口否认，对方越不怀疑，总之，闹得他进退两难，如坐针毡。

幸而时间不很长，他又回到北京，重理旧业，被尊为佛学大家的尴尬局面结束了。以后我们同住北城，见面的机会多了，周末共饭闲谈的机会也多了。寒来暑往，风平浪静，都以为可以长此"奇文共欣赏，疑义相与析"。但是"文化大革命"的风暴来了，故人见面不便，从此就断了音问。记得最后一面是1967年的早夏，是早晨，在我上班的路上，他估计时间，在路旁等我。我们不敢多谈。我只说是还平安，将来如何不知道。转到说他，我说推想不会怎么样。他说："那也难定，说严重就严重，说不严重就不严重。"说完，他催我赶紧走，我们就这样永别了。

直到1968年春天，才由他女儿那里知道，是1967年后期，说清查出身，发见故乡还有几十亩地在他的名下。照当时的不成文法，这就要遣送还乡。也许就因为怕走上这条路吧，在1967年年底，他在西郊新迁的一间个人独宿的小屋里喝了滴滴涕，自愿离开这个世界了。据说死的几天前写了两封信，其中一封是给我的。但写后不久就烧了。又死前床上的被子叠得很整齐，他女儿说，这是怕脏了，孩子们不能用。

人生百年，终于不能免这样一次，走了也就罢了。但他常常使我想到一个问题，就是，所谓乐天主义，它的力量究竟有多大呢？我多年以为能够理解他，也许实际并不理解他吧？每想到这里，总觉得没有看到他的最后一封信，真是太可惜了。

银
闸
人
物

　　银闸是北京邻近紫禁城东北角的一条小巷，北口外是大家熟知的
"沙滩"，即北京大学所在地；曲折向东南，东口外是北河沿，推想原
来一定有水闸在某处，早已没有遗迹了。那是30年代初，我住在巷内
路南一个小院落里。宅舍是北京下层居民的规格，方形的小庭院，北
房三间，西端有门道，东西房各两间，自然都是平房。我住在西房，
大概有两年吧，柴米油盐，喜怒恩怨，大部分化为云烟，只有邻居的
两个人，多年来影子一直在记忆中晃动。

　　一个是湖南人，男性，二十多岁，姓邓，因为同院人都叫他老
邓，所以连名字也不记得了。他比我来这院较晚，住在北房东头一
间。大概是来北京找点出路，所以并未上学。生活费用由老家供应，
不多，而且时间不准，所以常常贫乏。他的特点是十足的憨气，脸上
总是很严肃，即使别人同他开玩笑甚至耍戏他的时候也是这样。他还
没结婚，有人问他想娶个什么样的，他说一要美丽，二要长发梳头，
三要缠脚，四要会诗词歌赋。听的人立刻想到，他心目中的如意佳人
是崔莺莺、杜丽娘之流，不禁在背后暗笑。可是他很认真，说不是这

183

样的就终身不娶。

北房西头住着一对夫妇。男的姓王，资本家的子弟，还在大学上学。女的姓吴，江南人，青楼出身，明媚俏丽，颇有河东君的风度，只是天足而不缠脚，更不会诗词歌赋。王为人马马虎虎，一切无所谓，吴有些孩气，开朗，喜欢开开玩笑取乐。于是不知出于有意还是无意，吴向老邓表示，她不想再同王混下去，如果老邓愿意，她可以扔开王，同老邓白头到老。老邓立刻信以为真，于是作娶吴的准备，还常常同邻居谈他的香甜计划。有一次，同邻居的某人谈这件事，某人说，吴长得不坏，人也爽快，只是有缺点。他问什么缺点，某人说，发太短，脚太大，而且不会诗词歌赋。他直着眼痴呆了一会，没说什么，可是进取之心并没减少，常常问吴什么时候可以舍旧奔新。有一次，是当着我的面催促吴，吴说："老王还有半袋面，等吃完了办理，咱们可以省一点。"我回到自己屋，同妻谈起这些话，两个人都大笑。可是老邓似乎完全相信，仍在痴心地等着。后来，半袋面吃完了，吴终于告诉他，是"前言戏之耳"，这个玩笑才以悲剧告终。

推想老邓受的打击不小。有一天，他吃醉酒回来，将近半夜，全院听见他在屋里高声自语："现在什么时候？现在十八点。再来一杯。"这样反复说，足有个把钟头吧，才沉寂了。我同妻说，老邓准是醉后昏迷了。第二天早晨，大家忙着去看他，他不改常态，仍然那么严肃，深思的样子，问他，才知道喝的是水。

此后不久，他就迁走了，听别人说是住在东城某胡同。又过了不久，接到他某日在某饭庄结婚的请帖。到那天，我恰巧有事，不能去祝贺。老王去了，我问老王新娘怎么样。老王说，相当难看，而且短发大脚，没有什么文化。又不久，也许因为事与愿违，心灰意冷吧，听说他回湖南老家了。他没有来辞行，我们就这样分别了。又过了几年，听一个由湖南来的谁说，老邓作古了。死前生活怎么样，何因致死，都不知道；可以推知的是仍然怀有永远不会成为现实的幻想。"百岁应多未了缘"（清徐大椿诗），人生不过如此，也只好这样安息了。

再说另一个，女性，也是二十多岁，在我的记忆里是昙花一现的人物，姓什么不知道，从哪里来到哪里去也不知道。只记得中等身材，消瘦，衣服样式有些特别，性情冷寞，很少出屋，几乎没有同邻人说过话。她有男人，三十多岁的样子，有些土气，像是塞外什么地方来的，也不同邻人说话。他们租住东房，不过一两个月就迁走了。用北京人好客好闲谈的标准衡量，这家人"死硬"，外地气重，简直是格格不入。这样过了些日子，有一天，我回来，妻急着告诉我，说同东房那个女的谈了话，真把人笑死。我问是什么话，妻说："她家男人出去了，看我一个人在院里，就叫我进她屋，请我坐下。然后她坐在我面前，恭恭敬敬地说：'请问这位娘子尊姓大名，仙乡何处。'我几乎笑出来，胡乱应酬几句赶紧跑出来。"我听了，也觉得有些可笑，但更多的是感到惊疑，她是个什么样的人呢？显然，她自以为还是住在章回小说和杂剧传奇的世界里，自己是小说戏剧里的，街头巷尾的所遇也应该是小说戏剧里的。可是，我们惭愧，是世俗人，离小说戏剧太远，因而就不敢再去交谈。不久，他们离开这院落，正如暗夜的流星，一闪，无影无踪了。

寄寓京华超过半个世纪，我接触的人不少，像这两位银闸人物还是稀有的。他们是住在离尘世较远的诗化的或说幻想的世界里，虽然生涯近于捕风捉影，但是经常望影而想捕，也是不无可取的吧？这有时使我想到塞万提斯笔下的堂吉诃德和桑丘·潘沙，堂吉诃德持长枪，骑瘦马，时时在向"理想"世界冲，桑丘·潘沙则处处告诫主人，这个世界是"现实"的，并没有什么神奇，究竟是主人对呢还是仆人对呢？可惜这两位银闸人物往矣，听听他们高论的机会不再有了。

东谢西谢

东谢西谢是北京两个小旧书画铺的主人，东谢是谢锡三，西谢是谢子陶。推想都是以字行；至于名，一般顾客就无缘知道了。分东西，是就铺子的地点说的：东谢的名永光阁，在东四牌楼北不远路西；西谢的名悦雅堂，在西四牌楼北相当远（靠近太平仓）路西。都是一间门面，自东自掌，没有伙计。总之，都是简陋的小铺。可是因为经营的是旧书画，在文人墨客的队伍里名气却大，甚至可以说地位却高，因为少则三天五天，多则十天半个月，总不能不到他们那里坐坐，问问新的情况。

东谢是山东人，粗率，喜欢开玩笑，登门坐坐的人常常引西谢来嘲弄他：或者说"东谢不如西谢"，或者说"一蟹不如一蟹"。对此，东谢总是摇头否认，理由大概是：西谢不过是商贩，而他，则风雅，地位应在商贾以上。他这样想，也不无道理。据说，他原是开饭馆的，画家溥心畬有时到他那里吃饭，他客气招待，尽量接近，终于拉上关系，成了溥的门外弟子，学画，学写。他的画，我没见过；却知道他颇以能写大字自负，离他铺子不远的北邻，忘记是什么商店，匾额就是他写的。字如其人，也是粗率有余而润泽不足。

不知道由于什么机缘，他舍肠胃食粮而经营心目食粮了，于是就成为永光阁的主人。他的粗率、爽直、不拘形迹给他带来许多方便和一团热闹。那时候，北京的各处不乏遗老遗少，他们有闲，多数喜欢书画，少数还略有收藏，于是饱食之余，就惯于到他的铺子里安坐，看壁上挂的书画，品头论足，评定真假，有时言不及义，传些街巷琐闻，或以铺主人为话题说说笑话。对于这类的近于恶作剧，东谢一贯是处之泰然，甚至随波逐流，也加油加醋。我有时想，专就这一点说，东谢简直是六朝人物，可以写入《世说新语》的《雅量》门了。

也许就是由于人缘好，遇事无可无不可，他的营业形式扩大了。不只买了卖，还寄售。比如有人送来一张画，说希望得十元，他就可以定十二三元，何时卖出何时付款，卖不出去画由原主取回。据我所知，他的眼力很不高明。但他虚心、爽直，经常是接受闲谈客的意见，认定某件是真是假，并把他的心里话告诉顾客。也许就是因为他眼力有限，他的进货办法就成为信天翁式，坐等而不到各处去搜罗。这结果是货源不充足，获得佳品的可能性比较少。记得只有一次，我在他那里见到一幅王蓬心（宸）画的山水横披，题材是朋友的别墅，用枯墨皴染，笔画老辣而意境幽远，堪称妙品。索价十五元，说原主必须得十三元，所以不能再降。其时我正在为妻子的衣食挣扎，所以爱而不能不放弃。现在回想，出入永光阁，时间也不算短，所得却很少，不过是翁方纲书斗方一件和端砚一方等数种而已。值得纪念的是阁主的为人，商人而没有商气。到50年代前期，永光阁歇业，这位奇人就不再看见了。

悦雅堂，就地址说与永光阁东西相背。就主人的为人说也是相背：东谢可以入《世说新语》，西谢不能，因为他是商人而富于商气。他是北京人，出身于旧书画铺的学徒，本领都是由掌柜那里学来的。他勤勉，每天起早跑小市，到旧货摊上去搜罗。应酬顾客，是机警而不爽直。其一是看人下菜碟，上等货只给上等顾客看；一般顾客就等而下之。其二是可以说门面话的时候尽量少说心里话，以求次货也可以卖出去。其三是面上总是和和气气而心里却利害分明。关于这些，常去的顾客自然都清楚，但他手里常常有新货，"有羡鱼情"的人们就欲褰足不前而不得，这用俗话说是店大欺客。自然，客也有大的，比如有一次他同我说，他开了眼，是某有高位的人来，让他看个手卷，打开一看，原来是李白《上阳台》真迹。其实，据我所知，他因为文化程度不高，眼力也并不很高。这有两方面的事例可以为证。一方面，有时把假的看成真的，如给我看的刘石庵和莫友芝的两件，他相信是真的，索价相当高，却有皮肉而无筋骨，显然是假的。更严重的是另一方面，把真的看成假的。有一次，我到一位喜欢书画的朋友李君家里去，看见壁上镜框里装着一个横幅，是赵孟頫、文徵明、王穉登三位大名家写的关于苏书的题跋，字很精，尤其文的小楷，在文的字里也是至精品。我很惊讶，问是哪里来的。他说是由悦雅堂买的，谢子陶当假的，只两块钱。我说，像老谢这样学徒出身的就容易这样，心里总是横着师傅的教条：凡是赵子昂款的都是假的，因为名头太大，年代太远，不可能是真的。这就是信耳朵而不信眼睛。不久果然证明了，是徐邦达先生去串门，也看见，疑惑是《治平帖》的跋，借到故宫一对，一点不错。推测是清末民初太监偷出去的，不知怎么辗转流离，竟到谢子陶手里。于是李君只好敬献，使之破镜重圆。

不过无论如何，西谢的机遇加机警成为他生存腾达的本钱。50年代前期，东谢销声匿迹的时候，他也曾风雨飘摇，铺子撤销，人移到京北某地学习，改造思想。李君告诉我，是也常到悦雅堂看看的某有高位的人听说此事，用电话责问处理此事的人，说："你说不需要，人民需要。五六十岁的老头子，有什么可改造的！"于是情况突变，不久铺子恢复，并且变小邦为大国，在原址以北，护国寺西口略北对面，一处辉煌的水泥大铺面，门口挂上新写的悦雅堂大匾。人员增多，因而老谢可以后面安坐，不起早跑小市了。这样一来，可以想见，店大欺客的情势就更加显著。我有时路过那里，进去看看，就再也见不到当年那样的笑脸，由后面抱出几件，请坐在桌旁慢慢相看的事就更不再有。几年之后，老谢退休了。一次我在新街口遇见他，臃肿，迟钝，昔年的精明像是完全消失。他颇有怀旧之意，请我到他家坐坐，说就住在北边不远。我婉言辞谢，于是作别，以后就没有再看见他。不久，"文化大革命"来了，新的悦雅堂也闭了门。

一晃二十年过去，有时想到当年的逛小铺生涯，东谢西谢的形影就涌上心头；有时整理杂物，遇到一些破旧但值得欣赏的书画之类，就更禁不住想到他们。永光阁和悦雅堂往矣；如果阁主东谢和堂主西谢还健在，大概都近于九十了吧？

家乡三李

通常说"三李"是指唐朝的三位诗人：李白、李贺和李商隐。那用西方的说法，都是头顶桂冠的人物。我这里说的"三李"与那三位地位正好相反，不是处于高的一端，而是处于低的一端。他们是住在我们小村庄里的外来人，属于旧时代乞丐群里的人物，连名也不为人所知，大家都只称姓，曰大李、醉李和二李。

我们的小村庄在京津间运河以东，从西往东再往北折，曲尺形的一条街，不过四五十户人家。可是其东不过一里就是镇，有商店，可以容易地买到米面、肉食，直到美孚煤油和太古白糖。是我很年幼的时期，村里出了个由乡人看来很腾达的人物，先是上日本士官学校，以后从戎，一直作到杂牌军的师长。作了官，有势，有钱，在那时候，除了盖房、买地、娶小老婆之外，还要修祠堂，慎终追远，光宗耀祖。于是在村西头坐北向南修了四合院式的祠堂。祠堂之东是关帝老爷的庙，只有一间，关帝与周仓、关平合住，看来鬼较之神是后来居上了。祠堂每年不过热闹两次，清明节和年节，平时则无用，冷冷清清。不知是想废物利用还是别有机缘，在我上小学时期，里面住了外来的一伙人，当时通称为"化（读花）子"。总数五六个，当然都是男性，其中给人印象深的是三个人，都姓李。

旧时代，靠乞讨维持生活的人，数量不少，种类也不少。最高的是所谓出家人，包括和尚、尼姑和道士。据说他们可以使活人得福，死人免罪，因而不能不受到特殊的尊敬：要称为师傅，送钱送米名为供养。总之，论"名"而不问"实"，他们不属于乞丐的一群。当然，这是唯心主义的分类法，这且不管。且说算作乞丐的，明显地可以分为两类。一类是单干户，沿街挨门乞讨，办法是站在门口，面对内院，用较响的声音说："老爷太太，行点好吧，给点吃的吧！"另一类是有组织的，共同住在一起，并不挨门乞讨，因而也不喊老爷太太。他们奔走附近各村，帮助办理红白喜事等杂务，有的还能说书唱曲，做富翁的帮闲，甚至经营流动的商业，逢年过节，各户要主动准备食品，由他们上门来收。这两类有高下之分。呼人为老爷太太的是甘居下流，乡人习惯称为"要饭的"，给人的印象是已经没落到毫无办法。另一类是很有办法，地位当然高多了，乡人习惯称为"化子"。自然，这分别是由来已久的，《今古奇观·金玉奴棒打薄情郎》，金玉奴的爸爸金老大位为"团头"，干的就是这种行业。这个职位还是依法传递的，所以有职位的凭证，就是京剧《拜杆》之"杆"。三李这个团体有没有杆，我没听说过，反正他们地位高，是化子，不是要饭的。

他们住在祠堂的西房，每天做些什么，不能详知。只知道他们相当忙，上午分别外出，回来或早或晚，食品不缺，日子过得相当热闹。像是还有些钱，记得每年夏天都买卖西瓜，由瓜地统购，在祠堂零销。

首领是大李，四十多岁，中等身材，略胖。只记得他颇有政客的风度，喜怒不形于色，与乡人交往是不亢不卑。这大概就是他所以能够充当首领的原因之一，除稳健以外，性情像是没有特点，没有特点正是他的特点。

醉李正好相反，是不只有特点，而且特点非常突出。他年岁、身材、胖瘦，都同大李差不多，只是面色总是红红的，因为无时不在醉中。他像是不大出门，也不惯于同乡人应酬，唯一的活动是留守，喝酒。这样多的酒，难道都是乞讨来的？共同过乞讨生活，容许他这样独享其乐。这是怎么回事？关于这些，我都说不清楚。但他如此这般地独享其乐则是乡人都知道的，所以称他为醉李。他们在祠堂连续住了几年，中间忽然发生一件奇事，使乡人大吃一惊。是忽然来一辆双套（辕前再加一匹骡）轿车（富人用的载人车），说是从（运）河西什么村来的，接醉李回家参加他侄子的婚礼。至此，乡人才知道醉李原来如此不凡，家里竟是大阔特阔。有人想，他也许因为什么事赌气出来，这回当然可以回去过富家翁生活了。可是万没想到，醉李谢绝了，还是住在祠堂里，每天喝他的酒。现在想，北京陶然亭有醉郭墓，据说这郭某是清末人，特点就是长醉不醒，于是死后成为北京一景。醉李就正是这样的人物，可惜他不住在京城，又没有在一地全始全终，于是就丧失了修墓成为一景的资格。

二李年轻，那时候不过二十多岁，来自何方不记得了，大概也不会很远。外貌与那两位大不同，清俊而秀雅，用《史记》的现成话形容，是"翩翩浊世之佳公子也"。人很聪明，能说能唱，常常从我家借长衫，到附近村庄去表演。村里人都喜欢他，对于他有才而屈居下层总感到迷惑不解。他在村里住了几年，随着集体离开，渐渐，乡人就也把他忘了。

二十年过去了，到40年代后期，村里有人到北京来，见到我，说西单商场有个说相声的，艺名"大面包"，就是当年住我们村那个二李，问我知道不知道。我说我在西单商场见过此人，胖得头如大圆球，两眼眯成一条缝，那会是二李吗？他说没问题，吃得好了，发福了。过些时候，我到西单商场去逛书店，特意到东部空场，想看看大面包是否还有当年二李的遗韵。很不巧，那个场子冷冷清清，周围板凳上只有几位听客，场中间站着一个人，想是大面包的伙伴，正在开始说单口相声。开场白提到大面包，说："我们说相声的，不管有人听没人听，到时候也得说。比如大面包，连着三天不露，人家就要说，准是瘀火了。"周围游荡的人随着一笑，有的入内坐下。我是想比较一下大面包和二李，知道他没有真瘀火，也就心安而去。但此后就没有再看见他，名演员而销声匿迹，也许真就病废了吗？

崇效寺

近年来，旅游的雅兴如春水方生。这是可以理解的，人，有钱有闲，总愿意使自己的生活范围扩大些，经历的库存丰富些；而另一面，也是人，则可以因别人的尽兴而赚些钱。游的处所，在中国，寺庙是个重要的组成部分。寺庙，绝大多数是阔人修建的，所以历代以都城为多，古的，有杨衒之的《洛阳伽蓝记》为证，今的，有国立北平研究院许道龄编的《北平庙宇通检》为证。后者古（见于某书著录）今兼录，计收寺庙约千处，除去有名无实的，总不少于几百处吧？我在北京住了半个多世纪，以目睹为证，确是人神杂处，寺庙几乎无街无巷不有。我有时想，如果仔细调查，还可以发现有不少是《通检》遗漏的，如《红楼梦》第四十三回脂批提到的"刚丙庙"，民初还健在（海淀成府东大地），海淀镇西南端的倒座庙，直到70年代还健在，可是在《通检》上都查不到。寺庙多，并不是都值得游历的；值得，要具备某些条件，总的说是有名，分项说是要古，要大，要整齐而精丽。"古"同其他两个条件未必能协调，只是古非今日的人力所能补救，所以我们无妨把它看作最贵重的条件。可惜的是，十年动乱，人力大大地做了同补救相反的事，据我所知，房屋的破坏不很严重，塑像几乎毁光了，幸免于难的，以西郊为例，只剩下碧云寺的罗汉堂和卧佛寺的一尊铜卧佛。补救是很难了，因为新补的塑像不管如何精美，总不能"古"。可是说到"保存"古却又很不容易。大概是半年之前吧，报上登一篇住在崇效寺附近的某君的呼吁，说没有几年，崇效寺只剩下前部一点点了，应该立即采取措施，保存。这使我想到昔年多次的崇效寺之游。

那时候，略有闲心而住在内城的人，一年至少要到外城游两次：春末夏初牡丹开花的时候游崇效寺，是赏春；秋来芦花飘落的时候游陶然亭，是悲秋。崇效寺在广安门内白纸坊之北，地名陈家胡同。寺不大，坐北向南，记得只有三层院落。其所以出名，一是因为古，二是因为在当时，牡丹为京都第一。关于古，《北平庙宇通检》（上编第154页）有简要的介绍，是：

> 唐贞观元年刘济舍宅建，地在幽州城内。元至正初重建，赐额崇效寺。明天顺及嘉靖年间先后两次重修。万历二十三年添建藏经阁。东院有僧塔六，环植枣树千株，故王士祯称为枣花寺。

1935年北平市官修《旧都文物略·名迹略上》说得比较详细，兼及今的情况，是：

寺在牛街以南、白纸坊稍北，唐刹也，志称唐幽州节度使刘济舍宅为寺。历代屡建屡毁，今尚存殿宇数处。寺旧植枣树千株，清初诗人王士祯称为枣花寺，今已无存。惟以牡丹、芍药著名，有姚黄、魏紫、黑色诸异种。春夏之交，游人如织。寺藏盘山僧智朴所作《青松红杏图》，自王士祯以次均有题咏，淘宝物也。

据旧志，它东面略北的有名大寺法源寺建于贞观十九年，名悯忠寺，也是幽州城东部旧物，如果排行第，崇效寺还是老大哥。

崇效寺规模比法源寺小得多，不过在30年代，名气却不小。我想原因不外三种：一是古，二是远处外城西南部，荒凉，有野意，三是有名花，总之就成为历代有闲心人的春游之地。我当年也愿意附庸风雅，每年春夏之交，总要约集两三位有同好的友人，到那里看看牡丹。记得正殿前后的院里都有，以殿前的为更繁茂。魏紫、姚黄等开得大而艳丽且不说，出奇的是有几株开绿花，即所谓绿牡丹，这在他处是没有的。

游的最后一次是在40年代后期。与以前若干次相比，这一次是大举，做伴的是邻居广化寺的几位出家人，所谓法师，并且事前同崇效寺的住持打了招呼。记得是秋天，观赏牡丹的人早已绝迹，寺里很清静。时间是上午，寺里还准备了午斋。我这次去有目的，是看《青松红杏图》卷。寺里招待的人很慷慨地拿出来，很粗的一个卷子，可见题咏之多。图画得平平。和尚画青松，取其坚而不惑，意思明朗。兼画红杏，何所取义呢？也许是以形象表示"色不异空，空不异色"吗？总之，这是因怪而奇。展看题咏，由清初到清末，有名的文人墨客包容不少，当作历史的遗迹，说是可珍重也不无理由。

闲谈，我问他们牡丹何以养得如此之好。他们很诚实，说要在入冬之前施大肥，所谓大肥，是煮得特别烂的猪头和下水（五脏）等。这使我想到一个大问题，或大悲剧，就是理想与现实难协调，或说教义与世俗难协调，你争我夺的结果总是胜利属于后者。此风恐怕由唐朝已经开始，千年之后的今日，为迁就赏花人的雅兴而不顾杀戒，也就不足为奇了。

50年代以后，崇效寺渐渐没落，听说牡丹都移到中山公园。现在，殿堂没有了，敲月下门的僧人以及《青松红杏图》卷，想来也早已没有了吧？这样，唐幽州城的遗迹又消亡一处，从妥善保存文物的要求方面看，也实在可惜。

广化寺

广化寺是北京北城鼓楼以西一个规模相当大的佛寺，寺前（南面）有守门双石狮和红色大照壁，如果没有这个照壁，就正好面对后海。照壁之外是空地，有两层楼高的土丘，土丘之东有两个水池。如果借周围景色来吹嘘，说是城市山林也不能算妄语。寺的规制是完全依照传统：前有山门、弥勒殿，中有大雄宝殿，后面是楼，两层，下是禅堂，上是藏经阁；还有东西旁院，西院住人，东院存物。

30年代后期，由于偶然的机会，我迁到寺的西邻李家院内。这李家占据寺的西南一角，我住后院，房后就是寺的方丈院。北京有个迷信，是宁住庙前，不住庙后，宁住庙左，不住庙右。我住的是庙右，所以曾有好心的长者指出我卜居的失计。其时我已经受了西学的沾染，就不以为意，还是住下来。因为成了近邻，对于寺的身世就颇有兴趣。查志书，寺的家世并没有多少显赫的，只说有明朝崇祯皇帝赐曹化淳的御笔草书碑，可是我没见过。可见的是清朝末年一些痕迹。据说寺的大施主是恭亲王奕訢，他每天下朝，总是先到广化寺休息。这大概是真的，有不少蛛丝马迹可证。寺有十顷香火地在北京和通县之间，自己雇人耕种，寺靠这个支撑门面，僧人靠这个吃饱肚子，这样多的土地，推想必是超级人物施舍的。大雄宝殿里有个紫檀雕的供桌，大而精致，殿东偏有个青花瓷鱼缸，也是大而精致，据说都是恭王府中物。直到40年代，奕訢的孙子溥心畬，其时已是名画家，还常常到寺里来消夏，所以寺里僧人几乎人人有溥的赠画。再有清末民初，寺还是北京图书馆的发祥地，其时名京师图书馆，馆长是名目录学家缪荃孙，读者更不乏知名之士，其中之一是鲁迅先生。

我结邻的时期，图书馆已经迁走三十年以上，仅存的书香是藏经阁上的经版和散见于各室的佛经。这同我家的生活简直是水米无干。有干系的是每天清晨和尚上殿的念经声，不知怎的，总使我想到世间和出世间。孩子们睡得沉，听不见梵呗声，他们最感兴趣的是一年一度旧七月十五日的盂兰盆会，寺门口放着纸糊的大船，法事之后要烧，烟火冲上半天，很好看。其次是冬天，有的年头在寺里开粥厂，排队领一碗稠粥，不要钱，孩子们觉得很好玩。

40年代中期，一个朋友赵君迁到寺内东院住。他同寺的住持有交谊，因而经过介绍、交往，我同寺里的许多人就渐渐熟起来。大小和尚认识不少。说到所得，很遗憾，即使有，也是偏于消极方面的。比如我写过一篇小文章，谈出世，分析的结果是，以逆人情为顺教义，即使并非绝对荒诞，也总是非一般人所能做到。坐而能言，起而不能行，作为人生之道，其价值就微乎其微了。这样的认识，或说感触，一部分就是来自与出家人的交往。不过，依古训，我们也不当厚责于人，证涅槃高不可及，可以降而求其次，出了家，真能够信受奉行的也未尝不可传。这方面，有三位似乎可以说一说。

一是方丈玉山，河南人，因为朴实而当了住持，即所谓一寺之主。他文化程度不高，不要说法相，就是寺里标榜的临济宗，恐怕也不知道是怎么回事。但他信，无理由地相信依清规做就是好。寺很富，内有很高明的厨师，据说其中之一是来自御膳房，外出有人力车和马车。可是他向来不坐车，远近都是步行。吃斋，寺里有规定：除初一、十五改善，吃白面面条以外，平时都是玉米面窝头。他随着小和尚吃，不特殊。上殿念经也是这样，从来不贪睡缺席。因为他这样规规矩矩，解放以后受到优待，分配他到东郊某工厂工作。有一次我遇见他，问他在厂里做什么。他说喂猪，接着立刻说明："我觉得这也没有什么，反正我不杀生，不吃肉。"后来，他年岁渐大，厂里照顾他，让他值夜班。有一天早晨，我见他从厂里回来，问他为什么不在厂里就近休息，他说："出家人只能在寺里睡，这是清规，绝不能犯。""文化大革命"开始以后，我没有再看见他。70年代中期听一个旧邻人说，他因为患什么病，死在寺里。

另一位是了尘，东北人，我40年代认识他，他已经近七十岁。人瘦小，和善。我曾问他的经历，他说是刻木板的工人，因为觉得奔波劳碌没意思，所以出了家。他安静，不大说话，我看他那凝重慈祥的目光，总觉得他在想："我虽然已经觉悟，却原谅你们的迷惑。"如果真是这样，那就正是《高僧传》里的人物。大概是50年代初期，他离开这个寺，推想也早已不在人世了。

还有一位是修明，俗姓贾，北京人，经历与前两位大异。他既在国内上了大学，又到法国上了大学。据说是因为某事大失意，患了难愈之症，万念俱灰而出了家。我同他交往不少，可是这样会勾起烦恼的经历不便问，因而对于他和佛理的关系究竟密切到什么程度，也就始终不清楚。他信，是古代尾生性质的呢，还是今人弘一性质的呢？不过我觉得，不管是哪种信，信行一致总是难得的。

1966年秋季，我眼看这个寺遭了浩劫，某学校的红卫兵进驻一个月左右，塑像全部砸毁，门外堆成土山。其后不久，我离开这住了三十余年的旧居。是十年之后，有一天我从寺前走过，发现山门还在，只是守门的两个大石狮子无影无踪了。

香冢

香冢在北京陶然亭北小丘的南麓。陶然亭是清朝康熙年间江藻所建，所以又名江亭，在外城先农坛之西，南距城墙二三百步。其实这里并没有亭，只是高基上一个南北略长的方形院宇，南西两面向外都是窗，登其上，南可以望雉堞，西可以望西山。重点在北面，几处满生芦苇的池塘，小丘上野草围着一些荒冢，一派萧瑟景象。每到秋风送爽的时候，银灰色的苇梢随风摆动，伴随着断断续续的蟋蟀的哀吟，使人不能不感到春光易尽，绮梦难偿。这正是文人墨客所愿意经历的，所以二三百年来成为京城士女的吊古伤怀之地。

住在内城的人往陶然亭，一般是先到虎坊桥。以南不远就是通称的南下洼子，人烟稀少，自然也没有公共车辆。步行往南，先经过江南城隍庙；然后经过窑台，一个直立平顶的土丘，上有茶馆。再往南，从苇塘之间穿过，就可以看见西侧小丘坡上的丛冢。其中有名的三个是香冢、鹦鹉冢和醉郭墓。鹦鹉冢，葬的可能真是鹦鹉，冢前有碑，碑上有铭。醉郭是晚清人，刘伶一流人物，好事者也就把他葬在这里了，墓前也有碑，碑上刻铭与否不记得了。其实这都是陪衬，来吊古的人，尤其是男士，徘徊不忍去的乃是香冢。

传说也是晚清，江南某士子来北京应考，与青楼中一妙龄佳人结识，订了白首之盟。士子南归，返京延误，佳人抑郁成疾，到能够会面的时候，佳人已经是弥留之际或者刚刚死去。于是士子把她葬在陶然亭畔，立碑刻铭。铭云："浩浩愁，茫茫劫。短歌终，明月缺。郁郁佳城，中有碧血。血亦有时尽，碧亦有时灭，一缕香魂无断绝。是耶非耶？化为蝴蝶。"铭后有七绝一首云："飘零风雨可怜生，香梦迷离绿满汀。落尽夭桃又秾李，不堪重读瘗花铭。"诗后还有跋云："金台始隗，登庸竞技，十年黾勉，心有余灰。葬笔埋文，托之灵禽，寄之芳草。幽忧佗傺，正不必起重泉而问之。"词句缠绵悱恻，扑朔迷离，与传说的故事一配合，真是可以写成传奇了。

我当年第一次站在冢前，读铭读诗，以为坟堆下真有"碧血"，于是想到唐朝的杜牧，想到法国的茶花女，一时大有《红楼梦》"黄土垄中，女儿薄命"的感慨。后来读《越缦堂日记》，到同治三年十一月十六日那一条，才知道这是当时官御史的张盛藻造的，说是意在骗人或者太过，总是这样来一下好玩罢了。

放眼历史，这样来一下好玩的事很不少，西湖有苏小小墓，虎丘有真娘墓，等等；扩大些说，唐人传奇式的故事多半可以入此类。但我们无妨宽厚一点着想，天地不仁（无知觉），生涯多难，现实不可改而遐思不可消，能够创造个想象的或说艺术的小世界，片时置身心于其中，得到泪与笑，不是慰情聊胜无吗？

现在，陶然亭已经改造为现代化的公园，香冢、苇塘等都不见了。听说每天有大量的青少年去游，跑，跳，划船，玩电气设备。凡事难得两全，萧瑟的景象，吊碧血的眼泪，自然只能藏在有些人的记忆中了，这也好。

鬼市

老北京有所谓"鬼市"，又名"小市"或"晓市"。得名的由来，30年代官修《旧都文物略·杂事略·市井琐闻》说得比较详细："于东西两市场（案指东安市场和西单商场）之外，更有晓市之设。每值鸡鸣，买卖者率集合于斯以交易焉。售品半为骨董，半系旧货，新者绝不加入。以其交易皆集于清晨，因名晓市。或谓鬼市，亦喻其作夜交易耳。俗呼小市，误。"这说的不尽确实。一、鬼市的鬼，主要不是取夜行之义，而是取用鬼祟手段以假充真而骗钱之义，清佚名《燕台口号一百首》之一云："乍听鸡鸣小市齐，暗中交易眼昏迷。插标人去贪廉贱，一笑归看假货低。"这假即所谓玩鬼把戏。二、俗呼小市并不误，除上引佚名诗句之外，清吴长元《宸垣识略》卷九说："东小市在半壁街南。隙地十余亩，每日寅卯二时，货旧物者交易于此。"可见解小为晓，也许正是深文周纳了。

鬼市也是交易之所，但有不少特点。一是时间早，鸡鸣开始，日稍升即散。二是卖买双方都流品很杂。卖方半数以上是旧物小贩，北京称之为"打鼓儿的"，他们白天挑担，手持径寸硬皮小鼓，用细长竹片边走边敲，发清脆之音，串大街小巷，收买旧物。收买范围可说是佛法无边，上至商彝周鼎、汉镜唐琴，下至破旧衣服、碎铜烂铁。出去一天，收获或多或少，第二天欲明还暗的时候到小市，摆在地上出卖。鼓担之外，还有不少并非经商的市民，多数是急于换钱，少数是旧物无用而不愿存储，也拿到鬼市待价而沽。再说买方，有商人，也是流品很杂，只能举例说，如可以高到古玩字画店的老板，低到补鞋匠；有一般市民，目的是用贱价买些家用杂物；还有一些人，可以称之为有访古汲碎癖的书生，如邓之诚、顾随、胡佩衡之流。特点之三是货未必真而价必不实，即俗话说的满天要谎，就地还钱。还有一个特点，由访古汲碎的书生看来最重要，是常常会遇到年代久远、稀奇古怪、很难由商店买得的东西。这方面的例证不少，有文献可征的如《红楼梦》后四十回的残稿，《浮生六记》作者沈复的画，都是由这条路来的。

由于偶然的机缘，我长时期住在北城鼓楼以西，出门向西不远是摄政王府，它的西墙外有一块空地，就是北京著名的鬼市之一。还有两个，一个在崇文门外，就是《宸垣识略》说的东小市，一个在宣武门外，因为都离得远，我没有到过。这北小市也历尽沧桑。一是面积的伸缩，这也有规律，大致是社会不稳定的时候伸，稳定的时候缩。伸，不只是地，还有人。如40年代日去美来的时期，地域由摄政王府西墙外一直伸到东墙外，摆摊的人加入不少旧日的缙绅阶层，包括胜国贝勒载涛。另一变动是迁居，这是50年代的事了，先迁到德胜门内以东的城根，名曰绦儿胡同，再迁到德胜门外略东的教场口，几年后消灭。

我有时想，逛鬼市，由心理或动机方面看，应该说与垂钓有相似之处，都是贪。但也略有分别，就是汲碎的"得"不单纯是利，而杂有不少赏奇和思古之幽情。例如我有一次买到个唐景云二年（711）臧十二娘的铜造像，个儿小，制作不精，非贵重之物，可是想想年份，其时李白刚刚十岁，杜甫要一年之后才出生，就觉得很有意思。

由于这类的有意思，加以"天时不如地利"，空闲的早晨，我总是喜欢到鬼市逛逛。有时起得很早，就更能体验一下鬼趣：赶早寻宝的商人多半提着马灯，快步前行，或者停在某鼓担前，掌上托着什么，用灯照着细看；卖买双方都不说话，袖口对袖口用手指争论价钱。我们书生一流自然只能掇拾一点点大网漏下的小鱼小虾。但有时也会有虽不名贵而颇有意思的获得，如清朝乾嘉时期藏书家严元照（芳椒室）写的黄山谷诗卷，因为不是一般人都熟悉的成铁翁刘，久卧地上无人问津，我买了。看看，落款后的两个印章是"张氏秋月字香修一字幼怜"，"我亦前身是秋月"，前一个印章见叶昌炽《藏书纪事诗》，说是孙星衍见过，后一个印章，大概孙氏也没见过，所以觉得颇有意思。又如乾隆拓唐欧阳通《道因碑》整幅裱本，沈德潜《杜诗偶评》初刻本，都是商贾不肯收，我觉得有意思，用贱价买来的。

屈指十九年，断断续续由鬼市收得杂物不少，有些随手散去，有些当作"四旧"付之丙丁，自我失之，也没什么遗憾。只是有一种，约半套驴皮剪的彩色影戏人物，这是儿时随母亲到外祖家，静夜在村头看灯影中的悲欢离合故事，为之入迷的，也放在旧书报之上烧了，事过境迁，有时忆及，仿佛儿时的梦更渺茫了，不禁兴起对于鬼市的怀念。

宫闱手迹

《礼记·曲礼上》："外言不入于梱，内言不出于梱。"这是严别男女的规定，从字面看完全平等，其实不然。梱是门限，其内区域有限，其外则区域广大，可以海阔从鱼跃，天空任鸟飞。这结果是：两千多年来，内言传世的很少，偶尔写几首循规蹈矩的诗，刻出来，还要标曰"绣馀"；外言则相反，诗集，文集，专集，全集，简直是汗牛充栋。这情况自然要影响古董家的心理，就是搜求手迹，要是闺秀的内言才更名贵。

门限中有一种特高的是宫门之限，因为是在禁中，流传于外就更难。也就因此，古董家的口中总是闺秀，远者为管仲姬，中者为马湘兰、柳如是等，近者为王采苹、吴芝瑛等，而很少阑入宫门。宫门之内，我的见闻所及，昙花一现的也有一点点。大家熟知的是红叶题诗，天作之合，有情人轻易成为眷属，这红叶就是从禁中流出来的。据说这事出在唐朝，何时？说法不一。写诗者为宫女，有幸之男士为谁？也说法不一。可见这多半是出于想象，做白日梦，为苦闷之象征。不过，唐朝宫女能写大概是真的，因为，据说，宋代什么寺里还藏有不少唐宫女的写经。

宫女之上是后妃，有的当然也写，可是外面更难于见到。沧海之一粟，最早的可能是武则天的《升仙太子碑》。但这算不算会有争论，因为其一，这是石刻，已非手迹；其二，即使网开一面，算，武氏作了皇帝，已是跳到梱外，男化了。毫无疑问应该算的是杨太真的写经，宋赵潏《养疴漫笔》记载，真定大历寺所藏写经中有一卷，"字体尤婉丽，其后题曰：善女人杨氏为大唐皇帝李三郎书。"可惜白香山没有见到，如果看见，一定要写入《长恨歌》了。唐之后到宋，南宋院画有杨妹子手题，据已故文物鉴定名家张珩的考证，她是宁宗的杨后，以弄权乱政出名的。元明两代以及清朝早年，大概仍是空白。直到清朝晚年，出了个无名有实的女皇帝，尊称是孝钦后，喜欢出风头，既写又画。不过她是虚张声势，画都是供奉的命妇代笔，其中最有名的是缪素筠。字呢，我只见过"福""寿"字，墨如漆，体大如小犊，写在整张库蜡笺上，圆润饱满，显然都是南书房诸位太史公所写。这是照旧例，字非亲笔，连顶部"慈禧皇太后御笔之宝"的大印也是别人盖的。像这样的恩赏字，辛亥以前可以表示受者身分之高，所以很珍贵；辛亥以后一落千丈，有些甚至流落街头，我就曾以数角钱一张的低价买了两张，"文革"的风暴起时，因为怕有死抱着"四旧"不放之嫌，烧了。总之，由红叶题诗起，传闻的宫闱手迹，我亲眼看见的不过杨妹子一人的而已。

一个偶然的机会，大概是50年代早期吧，在小市地摊看见一个细而旧的手卷。打开看看，是工整楷书写在白折纸上的一封信，书写者是宫中某一位贵妇。价极低，买了。回来查对一下，知道写者是清嘉庆皇帝的如妃，时间是嘉庆二十五年九月，嘉庆皇帝死在热河避暑山庄之后。

装裱依常式，最外是锦包手。展开之后是引首，浅粉色纸，没有题字。往里是一寸宽的竖条蓝纸，上写"平安如意"四个大字。想来这是封皮的中心，用蓝色，表示居丧。再往里是白折纸第一开，从上到下排匀写"平安"两个中型字。再往里是信的正文，共十二行，是（别字照抄，空一格表另起行，空两格表抬头）：

九月十五日　额娘问阿哥好　我自从八月十三日同你众

位额娘你两妹妹进京俱住寿康宫本各处俱以平安你之妹病以

全愈饮食照常偶然九月初二日未刻火烛总管梁福传　太后知

旨即一两天移往寿安宫我无奈定初五日辰刻移往寿安官俱以

平安不必挂念差务要好好勤甚当差我听说二十三日随往　梓

宫进京甚时放心道路之上留心当差　额娘问八九阿哥好　主

子问　胞弟好

查《清史稿》卷二百十四《后妃传》：

（仁宗）孝和睿皇后，钮祜禄氏，礼部尚书恭阿拉女。

后事仁宗潜邸,为侧室福晋。仁宗即位,封贵妃。孝淑皇后崩(案为嘉庆二年二月),高宗(案其时为太上皇)敕以后继位中宫。先封皇贵妃。嘉庆六年册为皇后。二十五年八月(案《清史稿》很粗糙,本纪说是七月),仁宗幸热河,崩,后传旨令宣宗嗣位。宣宗尊为皇太后,居寿康宫。

恭顺皇贵妃,钮祜禄氏。嘉庆初选入宫,为如贵人。累进如妃。宣宗尊为皇考如皇妃,居寿安宫。文宗尊为皇祖如皇贵太妃。薨,年七十四,谥曰恭顺皇贵妃。子一,绵愉。女二,殇。

这就可以知道,信是嘉庆的如妃,嘉庆二十五年夏天随皇帝往避暑山庄,皇帝死后回北京,移宫之后给儿子绵愉写的。以常例十四五岁选入宫,写信时候她将近四十岁。信中"额娘"(母)指她自己。阿哥(皇子)指绵愉,就是后来封惠亲王,咸丰年间为大将军,不会打仗的。太后指孝和睿皇后,道光皇帝即位,她当然升一辈为太后。梓宫指嘉庆的灵柩。最后主子指道光,他是绵愉的胞兄(道光行四,绵愉行五)。看来如妃是不常写信的,所以绵愉把这信装裱,保存起来。

字和内容都平常,写者也不是什么出名人物,但这是出自宫闱的手迹,地道的辽东白豕,所以我不怕人家讥为少见多怪,也当作琐话的题材写出来。

北京有不少有名之地，是历史留下的痕迹，游览的人都想看看。我住北京半个世纪有余，这样的名迹看过不少。这记不胜记。也不必记，因为自己看过，见了也就罢了；又，有不少还健在，兴趣浓的可以自己去看。用不着别人介绍，隔靴搔痒。这里记的是这样一些名迹，推想应该还存在，可是到那里去看却若有若无，如果不记，过些时候连若有若无的影子也会消亡净尽。自照相技术发明以来，许多人为留影尽大力，花大钱，我这算是效颦，为已经成为模胡的影子留个亲历的影。

李凤墓

明朝有个最荒唐的皇帝朱厚照，年号正德，传说他到宣化（一说是大同）去游玩，由酒家抢个姑娘名李凤。回京路上过居庸关，李凤看见关口石雕的天王像，吓病了。不久死去，埋在关西，这就成为北京附近的一处名胜。1935年北平市官修《旧都文物略》中两次提到这个墓，想来不是想象之词。是1960年9月，秋风未起、柿叶将红的时候，我同北京大学教育系毕业的同学王君等三四个人游居庸关。看完关门洞的石刻，登其上云台眺望之余，兴犹未尽，忽然想起李风。于是西行去找，不见，问人，不知。想再扩大寻找范围，因为时间不够，只得作罢。

温泉

温泉是北京西郊一个有名的地方，由颐和园北，沿山岭之阴西行，约摸三四十里就是。地名温泉村，有温泉，并有温泉女子中学。我昔年到过汤山温泉，在北京以北略东五十里，原来曾作行宫。风景好，有浴池，可以洗澡。听说西山温泉也可以洗澡，这且不管，总之因为是京郊胜地，近邻，老死不相往来终归是遗憾，于是在70年代中期去了一趟。到了，遍寻不见。直到村西，遇见本村一位老农民，问他，才知道在近东口路北那个单位之内，那单位的前身就是温泉女子中学。他说："进去看恐怕不成了；也不必进去看，因为泉水近几年已经没有了。"我只好兴不尽而返。东行。过门停一会，伫望，难免想到昔年，"这样快就过去了！"

出入贤良门

这是圆明园的正门，坐北向南，进去是正大光明殿。70年代我移居西郊，住在旧燕园内朗润园的东部。对照地图，是在万春园大宫门之西，正觉寺之东，略南几十步。万春园大宫门已经不见；正觉寺还在，虽然已经变为工厂，门内的红墙却依然故我。由我的住处西行，经过镜春园和蔚秀园，再西是承泽园。蔚秀园和承泽园之间还有石路的残迹，这是当年由宫中通往圆明园的御路，推想直北应该是出入贤良门，可是辨认，却一点痕迹也找不到。我常常从这一带过，走现代化的沥青路，南望，已经布满五六层的宿舍楼，北望，一片荒凉中挺立着两棵古白杨，上面有不少乌鸦巢，不禁有沧海桑田之感。

刚丙庙

庚辰本《石头记》第四十三回："因听些野史小说，便信了真。"脂批：

> 近闻刚丙庙又有三教庵以如来为尊，太上为次，先师为末，真杀有余辜，所谓此书救世之溺不假。

不记得听谁说，刚丙庙在北京西郊海淀。我住在海淀镇之北，东行是成府村（清朝旧志写陈府，现在简称成府）。村中只有一个家庭理发馆，馆主姓萨，苗族人，六十多岁，很纯厚，我同他熟。一次，偶尔想起刚丙庙，问他，他说在成府以东，地名东大地，现在的燕东园南墙外，已经成为北京大学制药厂。他还说，他小时候常到庙里去玩，有三层大殿，刚丙的塑像很威武，孩子们都叫他刚丙老爷。碰巧我的邻人有在制药厂工作的，问她，说没见有什么庙，想来是近三四十年由残破而毁灭了。脂批在乾隆中年，批的人也许到过这个庙？那么，《红楼梦》的作者呢？这使我们不能不发思古之幽情。又，关于刚丙是何如人，我像是在什么书上见过，可是师丹善忘，怎么也想不起来了。一次问周汝昌先生，他说是明朝的好太监，名刚炳。如果真是这样，这庙的寿命可说是太长了。

满井

这是北京城东北三四里的一处名胜，在青年中也很知名，因为进了中学语文课本。那是明朝晚期公安派大家袁宏道写的《满井游记》，内容美而热闹，还可想见三四百年前那里春日的风光。《旧都文物略》介绍名迹部分也收它，虽然说"康乾时宴游极盛，今则破甃秋倾，横临官道，白沙夕起，远接荒村"，却印了它的照片。是个有砌石围着的方形小池塘，即所谓"井"，其中有水，即所谓"满"；背景是不很大的树若干株，再远是僧骨塔三座。70年代前期，我有闲，补游应游而未游的胜地，出安定门，过和平里再东行二三里，问人，在大道以北找到这个地方。往北不远偏西有个小村，与"接荒村"相合。

可是找不到僧骨塔。水池也没有。等一会，来了回村的人，问他，他说："你眼前堆玉米秸那地方就是，已经几年没水了。"我绕着走一圈，不过一丈多见方，四周还有残余的矮栏。回来的路上我想，"废物利用"中似乎也有学问，比如这个地方，即使水已干涸，如果打扫干净，旁边立牌写个介绍，让过往的人知道这就是几百年来的胜地"满井"，总比堆放玉米秸好得多吧？

虾菜亭

此亭在后海，清人的风土书常提到。我住后海北岸多年，不见此亭，总想知道它生前的安身之地。问鼓楼东得利复兴书铺的张髭老人，才知道在我的门前往西不远的水中，若干年前还在。张髭是曾见义和团攻东交民巷使馆的人物，至于年轻人，那就连虾菜亭的名字也不知道了。

马神庙

马神庙是景山山头直向东看的一条街，清中期是公主府的所在地，末期是京师大学堂的所在地。1912年之后，政体改革，万象更新，学堂改为学校，街道也要名正言顺，改为景山东街。其实马神庙也是名正言顺，因为确是曾有马神庙。并且，老北京是惯于不维新的，如不称朝阳门而称齐化门。景山东街准此，在我上学时期，你走远了，想雇车回来，问你到哪里，你要说马神庙，如果说景山东街，他也许不知道。多少年来，我总想看看这马神之庙，可是街头没有。查《北平庙宇通检》，说在"景山街东口"，可是又说："庙基旧在街之稍北，清乾隆二十年移建于此。今并入北京大学。"这两种说法是矛盾的，因为北京大学在街的西部，不在东部。又，北京大学的地址是旧公主府，说公主府里有马神庙是荒唐的。看来应该在东部，但街头不见，总是早就破灭了。现在，路上奔跑的是汽车，马神下台不足怪；只是出入马神庙几十年而没见过马神庙，总不免自视缺然。

末尾，由景山和马神庙联想到我昔日见过、现已消亡的两处，也可算作名迹吧。一处是"煤山（景山）老槐"，在山的东南角，传说是明朝崇祯皇帝吊死的地方（有异说）。记得最初看见，树干还挂着铁链，这表示它有罪，旁有石碑，上书"明思宗殉国处"，是1930年立的。这是"刑不上大夫"封建思想的扩张，很可笑。但它总是旧迹，听说现在都没有了。另一处是"未名社"，编《未名丛刊》的地方，在北京大学之东路北一个小门内，记得我还在那里买过廉价书。关于未名社，现在知道的人不多了，它是"五四"之后介绍外国文学作品的重要编辑出版组织，出版书籍不少，如鲁迅先生译的《小约翰》和《出了象牙之塔》就是那里出版的。近年来这条街变化也大，加以自己记忆力差，路过，想找，就再也辨认不清了。说到社，还有一处可以附带说说，是印《古史辨》等书的"朴社"，后改"景山书社"，现在房屋依旧，在街中间路南，改为食品店。《古史辨》是不能从那里买到了，但可以买到蛋糕和苹果，更实惠，当然也不坏。

圆明园劫灰

近几年来，复兴圆明园的呼声忽然高起来。这当然是好事，因为合于大家的心愿。据《御制圆明园图咏》一类书所记，园中的胜景有四十处，也就是有四十处建筑群；但要知道，这还不包括较后向东延展的长春园和万春园。现在很多人去凭吊、瞻仰的圆明园遗迹，俗名西洋楼、正名远瀛观的，其实是长春园里的建筑，严格说是在圆明园之外的。总之，依通俗叫法统称为圆明园，这园就大得使人惊讶，东西约长七华里；富丽得使人惊叹，可以算是集中外园林建筑艺术之大成，大至湖山殿阁，小至一砖一瓦，都那么精美。如果这样一个园子能够复原，不要说我们本国人，就是把全世界几十亿人统括在内，有谁能够不拍手称善呢？

可喜的是有不少好心人真在做。有写文章说如何如何必要的。据说还为恢复成立了什么研究会。似乎还有什么动手做的机构。是三四年以前，北京大学（原燕京大学）西北部湖岸上横竖卧着的几块大理石雕刻不见了，不久之后我也去看圆明园园史展览，地点在西洋楼东北几十步，望见西洋楼对面有了新的布置，走近一看，原来就是卧在北京大学的那几块，移到这里站起来了。不只此也，由此东行出大门，还看见蹲着两个大石狮子。看来复原工作是在进行了，实在使人振奋。不过我有时想，理想与希望只是事物的一面，还有另一面是事实与可能。这两个方面在小事上常常协调，在大事上就未必。万一不协调而成为冲突，胜利的又常常不是前者而是后者。就以圆明园的复原工作说吧，我也切盼能够成功，但总是担心困难太大。财力且不说，工、料，还有技术，能够找到康、雍、乾时候那样的吗？这使我想到历史，想到时今时今不再来。

就由我的近邻说起。北京大学还有"勺园"的名字，据说在学校西南部。勺园是明朝晚年西郊海淀的名园，大名士米万钟的，明蒋一葵《长安客话》卷四有详细介绍，可是现在已经毫无痕迹。出北京大学西门，南行一二十步是畅春园的东北角，那里现在还留有界石，上书"畅春园东北界"。畅春园是以明朝李伟的清华园为基础扩建的，康熙皇帝在其中晏驾，盛极一时可以想见。可是就在爱新觉罗氏的大力庇护之下，至晚到清末，也是痕迹毫无，成为村庄和稻田，仅有的例外是东北角的恩佑寺和恩慕寺的两座寺门。圆明园被烧是突变，加上其后的渐变，因为时间近，所以还剩一些痕迹，但是也少得很可怜了。

据说，大的渐变是在民国年间，大鱼吃大的，小鱼吃小的。具体说是拆，把可用的拉走，用在自己的什么建筑上。大的，据我所见，最显眼的是北京图书馆门内和燕京大学门内的华表，共两对，来自圆明园西北部的安佑宫。这里还有个笑话，不知道出于哪位动手拉的人的疏忽，比如一、二是一对，三、四是一对，两家竟是一家拉了一和三，另一家拉了二和四，至今仍是阴错阳差，不成对。燕京大学拉走的当然不只华表两件，校门外的一对石狮，办公楼前的一对石麒麟，以及石雕台阶，也显然是圆明园中物。北京图书馆的石狮和石雕台阶呢，也多半是圆明园中物。

庞然大物，有目共睹。小物分散，见到较难，自然数量更多。绝大多数已经埋没在各类人家的建筑中，辨认也不容易了。又，民国年间，有不少人从古董铺买到铺地的金砖，方而大，面作黑色，发漆光，用作院内茶几的面，雅而美观。我来北京晚一些，没有遇见完整的金砖，只是一次游碧云寺，由水泉院卖旧物的小摊上买得一块瓦，长市尺一尺许，宽半尺多，绿色，右上方有凹下字两个，"工部"，显然也是圆明园中物。

我第一次游圆明园遗址，已经是30年代中期。徘徊较久的地方是西洋楼，许多雕刻的大理石柱伸向半空，使人想见昔日的雄伟豪华。地上残破的砖瓦很多。其西的海晏堂也是这样，只是没有挺立的大理石柱，所以不像西洋楼那样引人注目。对于抱残守缺，我那时候还兴趣不大，所以断续去了几次，都是空手而返。

70年代我移住西郊，地点在万春园（或说圆明园东部）南墙外，几乎是越墙就可以入园，又，有个时期较闲，所以就常到园内去看遗迹。对照园图，是由万春园大门的两侧北行，过凝晖殿、中和堂等建筑之西，涵秋馆之东，沿小山向西再北行就是旧圆明园和长春园的交界。一直北行，东面一个湖，中心是长春园的海岳开襟。再北行，西面是旧圆明园东北部的方壶胜境。向右转东行入长春园，过了路北的万花阵、方外观就是有名的海晏堂。再东行，远远看见许多大理石柱挺立在高基之上，就是游者的集中地西洋楼。

这时期去，因为遗物越来越少，物以稀为贵，就想拾一些好玩的残片，小者作镇纸用，大者，如残金砖，可以制砚。残琉璃瓦片、瓷片、玻璃片拾到一些。想多得的是残砖，可是比30年代少多了，可见已经有不少同好捷足先登，所剩的一些不是太小就是不成形。别处看看，反而没有西洋楼和海晏堂多。听园里住的一个农民说，海岳开襟有很多大块的。由稻田间小路过去，登上圆形残基看，果然不少，只是质量差，费力磨成砚形不值得。几次摸索、研究，知道质量以西洋楼的为第一，于是集中力量在那里找。三番五次，所得不过十几块。磨成砚，有的还写了铭。时过境迁，不再去找，存的多被朋友拿走，所剩不过三两方。其中一方质量最好，方形，每边约四寸，面如漆，光而润，内作绛色。我在背面写了砚铭，是："古甓曰金，黑面赤心。居之砚林，墨磨人兮几沉吟。"这里说磨墨，实则砖的原料是澄浆泥，烧前压而不锤，烧后柔腻而不坚，并不适于磨墨。不能耕的砚田我还保存着，只是因为它是圆明园的劫灰而已。

神异拾零

还是上小学时候，我住在农村。功课松散，有空闲就看小说。历史的，如《三国演义》，人情的，如《今古奇观》，侠义的，如《七侠五义》，都喜欢看，但觉得最有意思的还是《聊斋志异》。这部小说，正如书名所示，所记都是异事，可是不知为什么，总感到它能够容纳更多的遐想，与自己的生活更接近。像《连琐》，夜深人静，在墙外念"元夜凄风却倒吹"的诗；《黄英》，秀丽，精明，却是菊花所变；《湘裙》，下世之后，仍然可以柴米油盐，生儿育女：如果我们住的世间真是这样，会多有意思。

那时候还没有接触所谓科学，心目中的世界，用尺量自然很小，不要说河外星系，就是太阳系也所知很少。但这是从所谓科学方面看；要是从诗情的想象方面看，情况就会恰好相反，而是那时候的世界大得多，复杂得多。正像《聊斋志异》所写的，就在不远的墙外、途中，也许有连琐，有黄英。总之，在柴米油盐之外，飞禽走兽之外，还有个藏有不可知的无限奥妙的境界，这境界会供给我们意想不到的机遇，因而就容许我们驰骋遐想。

现在想来，是借了"不科学"的光，那时候还相信《聊斋志异》的"异"是实有的，虽然也知道不是容易碰到的。我有过幻想，有时甚至很迫切，希望不远的哪一天，也会遇见《聊斋志异》的"异"。可惜，这"异"总是迟迟不来。村里有两座庙。偏东是土地庙，很矮小，要弯着腰才能走进去。但据说很必要，土地爷和小鬼都住在里面，村里无论谁死了，魂灵都要在那里暂住，然后转往阴曹地府。偏西是关帝庙，一间宽敞的大屋，坐北朝南，关帝坐在上面，靠后；前面右方立着白脸的关平，左方立着黑脸的周仓。大部分神异传说与这两个庙有关，如周仓夜里持大刀出来，土地爷派小鬼拘人等等，可是我都没有遇见过。与庙无关的传说也有一些，如九奶奶跳神，神灵显迹，一个张家的少女被黄鼠狼迷住，等等，我也没有见过。亲自经历的"异"，当时信以为真的只有两次。一次是祖父病重，家里慌作一团，夜里二更左右让我到东边一二里的镇上去买药。我去，路过镇西门外往南的大桥旁，听见桥那里有人说话，一个问什么时候前往，另一个说后半夜。我那时候还迷信，联想到祖父的病，觉得毛骨悚然。很巧，祖父就真在这一夜死了。另一次，是听说夜里村南野地常有狐仙灯出现，我也去看。几个人立在村边向南望，等了一会，忽然一个圆亮光，如人头大小，离地面一两丈，自西向东，平稳而很快地流动，走了很远才消失。

连琐、黄英之类的"异"终于没有遇见，很遗憾。不久就离开家，到外面上洋学堂，离黑脸周仓越来越远了。仍然喜欢杂览，可是读物换了另一套，绝大多数是务实的，即西方传入的新知识。包括各个方面，由讲天界的哥白尼到讲生物的达尔文。时代也长得很，由亚里士多德到爱因斯坦。总之，上天下地，五花八门，合在一起，像是可以一言以蔽之，是告诉我，己身和己身以外，即所谓我们的世界，原来是这么回事。我们是住在像是有严格规律的世界里。这样的世界，规律之上有个"大异"，就是为什么会有规律，是直到现在我们还不清楚。规律之下，什么"异"也没有，月出日落，水流就下，吃饭睡觉，由幼变老，直到人死如灯灭，一切都是干巴巴的。有时遇见像是异，其实用科学知识一解释就毫不稀奇。大自然铁面无私，想找奇迹，没有；想跳出去，不可能。

这是科学。科学是进步的，既已进步，退回去总是办不到了。但是遐想之情却难于完全破灭，因而有时候想到少年时期心中的"异"，化为空无，未免有些怅惜。有两件事可以说明这种怅惜的心境。一次是40年代初，当时住在北京鼓楼以西，东邻是个佛寺，寺前有个常常淹死人的池塘，因而有水鬼找替身的传说。有一天，我中夜回家，远远看见一个妇女坐在寺前的道旁，背对着池塘。如果在昔年，我会相信这是《聊斋志异》的"异"，大概要很怕吧？可是还是科学知识占了上风，我确信她不是鬼，于是平静地从她身旁走过去。这"平静"表示神异世界的消亡。另一次是70年代，住在北京西郊，地震之后，独自住在湖边的地震棚中，夜里，明月窥窗，蟋蟀哀吟，境界正是《聊斋志异》式的，可是棚外总是寂然。很无聊，曾诌一首打油诗云："西风送叶积棚阶，促织清吟亦可哀。仍有嫦娥移影去，更无狐鬼入门来。"狐鬼不来，心情枯寂，我不禁想起儿时所见的狐仙灯；只是现在，即使看见，我也不信它真是狐仙所变了。

中国旅行剧团

　　记得是1934年，我住在北京沙滩一带。生活平庸而呆板，除去短时间到小饭馆吃炸酱面或烙饼熬白菜豆腐之外，就是钻进图书馆翻阅故纸，正是年纪尚轻而颇有暮气了。

　　这时期认识一个年岁不大的人，她多有幻想，充满活力，也不少一往无前的冲劲。她的愿望是从事戏剧电影，所以同这方面的人交往比较多，见面也就常常谈起这方面的新闻和轶事。说心里话，我对这些兴趣很小，有时甚至感到多余，因为在当时沙滩一带的学术空气里，上台表演，出出风头，纵使不能算作低级，也总当归入浮华一类，与立言藏之名山的胜业是不可同日而语的。

　　但是有一次，她的新见闻却使我感到惊奇，这谈的就是关于中国旅行剧团的一些情况。详情记不清了，到今天还有清晰印象的是：剧团是唐槐秋、唐若青父女所创；名为旅行，是想巡游各地，以传教的精神为这新兴的剧种争一席地；草创中困难很多，到北京住在前门外观音寺，很穷，甚至连脸盆也不够用，没钱买，要借；可是他们有信心，充满热情，生活紧张而愉快，正在用全力争取演出成功。对于新兴的话剧，我接触很少，但是这种殉道的精神却使我深为感动。

不久，她送来一张票。是在西单长安戏院演法国小仲马的名著《茶花女》，希望我去看。我有一点点关于《茶花女》的知识，是由林译小说《巴黎茶花女遗事》来的，当然愿意由形象来验证一下；自然，一半也是由于对殉道精神有仰慕之情。长安戏院场子并不很大，可是还有一些空位；看客中老年人不多，想是看梅兰芳或杨小楼去了：这证明在当时，话剧想与京剧争一席地还很不容易。剧演得很好，尤其花园中老父劝阻茶花女那一场，老父装束雍容典重，举止庄重大方，发音沉厚，于严正中兼有慈祥的意味；茶花女则充满热情，热情又急剧地随着情节的推移而变化，由惊悸而恼恨，由恼恨而沉思，由沉思而忧虑，最终决定舍己全人，陷入绝望的悲哀。这样惊心动魄的情景却演得非常自然，因为自然，所以逼真，到茶花女陷入绝望的悲哀的时候，看客都陪着落了不少泪。

看过之后，我想过新旧剧种的问题。所谓旧，主要是京剧，当时名角多，上座好，就如我这个经常在图书馆里翻阅故纸的人，有时也费几角钱，坐在广和楼竖排长板凳上，看富连成科班马连良、李世芳、叶盛章演的《打渔杀家》。看京剧，目的主要是娱乐、享受。新的话剧则不然，如唐氏父女演的《茶花女》，看过之后，你不由得要想想人生的一些大问题。应该多享受还是多想问题呢？不同的人自然有不同的选择。我想，至少当时，过于偏向享受而躲开问题总是不妥当的，说严重一些也许可以算作民族的悲剧吧？如果这个想法不错，则唐氏父女的传道精神确是值得钦佩的。

中国旅行剧团的演出，我只看过这一次，可是印象很深。以后看过同一剧目的话剧和电影，也许是先入为主吧，总觉得没有唐氏父女演得好。转眼四十年过去了，有个朋友译完小说《茶花女》，希望我在译稿前写几句话。我为了省力，多由自己方面下笔，题了三首七言绝句，中间一首是："氍毹座上泪阑干，犹记唐家话剧团。一自郊园长诀后，玉容憔悴不堪看。"中国旅行剧团往矣，记得它的还有多少人呢？至于我，也只能写一首应酬诗，算作对于他们那种殉道精神的一点点怀念。

韩世昌

翻阅《文史资料选编》（中国人民政治协商会议北京市委员会文史资料委员会编，北京出版社出版）第十四辑，里面有韩世昌口述、张琦翔整理的《我的昆曲艺术生活》一篇，写得很好，内容详实恳切，不只可以当作一位造诣精深的昆曲大师的详细传记看，而且可以当作20世纪昆曲艺术的兴衰史看。韩世昌生于清光绪二十四年（1898），卒于1976年，活了近八十岁，过了丰富而动荡的一生。经历很复杂，不只包括性质各异的多方面，而且包括性质对立的多方面。比如开始是没有饭吃，最后是任北方昆曲剧院院长；曾经大红特红，国内外都有人捧，认识许多大名人；也曾没落，甚至不得不抛弃旧业，设想另谋生路；等等。主流当然是艺术造诣高，差不多半个世纪，总是高踞昆曲旦角的第一位。可是读口述，却没有一点骄矜或至少是自满的气味，所以我感到恳切。因为感到恳切，于是想起与他有关的一点点旧事。

我喜欢昆曲，起初，不是由于看演听唱，而是由于读《西厢记》和《桃花扇》等，觉得人物雅，辞句雅，有诗意。可是到北京之前一直没看过。30年代初来北京之后，一因为一直很穷，二因为精力的大部分放在故纸里，连当时大为流行的京剧也很少看。其时昆曲已经很不景气，现在回想，简直不记得哪里曾经上演过。大概是1931年的秋冬之际，记得是由俞平伯先生主持，在崇文门外木厂胡同广兴园演了一场昆曲。事前在北京大学课堂上向学生宣传，说主旨是扶持雅音。剧目主要是韩世昌主演的《钗钏记》。票向学生推销，记得是六角一张，随票奉送唱词一纸。我乐得有此机会，买了一张。这个剧场，过去没听说过，一生也只去这么一次。时间是下午，我去了。剧场地点偏僻，建筑和设备都破旧，光线阴暗，气氛冷冷清清。上座情况很差，至多不过是三分之一吧，集中在台前池子一带。看看，不少人面熟，想来都是来自北京大学。其时蔡元培先生和吴瞿庵（梅）先生都已不在北京，如果在，推想他们是一定来的。学校热心昆曲的人自然都来了，除俞平伯先生以外，其他都不记得了。韩世昌当然是扮柳莺英。他天赋的细小身材，扮闺门少女，娇媚玲珑，简直就是十七八岁的姑娘。算来他那时候是三十三岁，足见功力的深厚。

戏散之后，想到昆曲的现状和前途，感到很凄凉，时代风气的力量竟如此之大，简直是可怕。其后还看过韩世昌演什么戏，很怪，竟一点也不记得。但记得看过郝振基的猴戏，侯永奎的武生戏，白云生的生角戏，据理以推，总当也看过韩世昌的旦角戏。现在想来，其时我也是被时代之风刮得东倒西歪了，因为分明还记得看过马连良的《打渔杀家》，荀慧生的《钗头凤》，郝寿臣的《法门寺》，叶盛章的《巧连环》，萧长华的《蒋干盗书》，等等。

一转眼到了40年代晚期，友人曹君一次告诉我，昆曲完全没落了，韩世昌、白云生等生活无着落，白在某处摆摊卖纸烟，韩则变相卖唱。其时曹君在灯市口贝满女子中学教国文，因为课文中有曲，所以想请韩世昌来表演一次。不久就这样做了，我也参加，担任招待。大概是上午九点多吧，韩世昌来了，随着一个吹笛伴奏的。韩已经是半百之人，那个伴奏的也不年轻。我们招待他，奉茶，闲谈。韩朴实，温厚，没有一点曾是名演员的架子和习气。话题自然地转到昆曲的没落，大家都为此表示惋惜。问起为什么不改走其他的路，他说，他并不是不能演京剧，只是总觉得唱词太俗，没意思，所以甘心闲着。下一堂是国文课，算作讲曲的深化实化，听韩世昌演唱。实际是只唱不演，穿长袍便服，站在讲台上安安静静地唱，伴奏的坐在旁边吹笛。不化装，不表演，一个半大老头子直挺挺地立着唱女声，效果自然不会好。唱了三四段，算作完课，即时送些车马费，送出校门，作别。此后就再没有见过他。

那次听过清唱之后，有时想到昆曲，心情总是很暗淡。韩世昌，艺高，人好，可是被时代的风吹倒了，想爬起来实在不易。到50年代有了转机，"人力"十足，成立了北方昆曲剧院，人，地，钱，要什么有什么。可是一件大事的成败，用旧话说还要看"天命"如何，用科学的词语是，还不得不取决于时代的风气，再说明显一点，是还要看绝大多数年轻人爱好什么。我老了，很少到热闹场所去，听人说，近些年来，京剧上座的情况也不佳，而芭蕾舞、音乐会的票却很难买。我想实况大概是这样。80年代初，江苏昆曲剧院来北京演唱，承北京昆曲界的老人物送来几张票。我去看，发现有名旦角张继青的戏，上座的情况就好，没有她，上座情况就差，远来的和尚尚且如此，北方昆曲剧院就可想而知了。

其实，这种情况也可以不出户而知之。这就是电视机前，只要放映的是旧剧种，不管是昆曲还是京剧，三十岁以下的人，尤其二十岁以下的人，总是"望影而逃"。为什么？理，我不知道，但这是事实。风气像是一股水，它会流到哪里呢？但倒流的可能总是很少的。有时想到这些，不由得就想到韩世昌，想到他的所谓雅词，"良辰美景奈何天，赏心乐事谁家院"，过去的除了让它过去，还有什么办法呢？

余派遗音

老子说:"千里之行,始于足下。"我引这句话,是想说明"根""初""童年"的重要,或说其力不可抗。这不可抗简直是不可以理喻。比如生在江南,总是无米不饱;生在燕赵就不然,因腾达而钟鸣鼎食,有时还难免想吃玉米楂粥。其他近于上层建筑的癖好就更是如此。记得老一辈某名作家曾一再写,平生最讨厌的是打麻将和看京戏。我曾问他喜欢什么戏,他说"社戏"还有些意思。我想,这是因为他是绍兴人,小时候看惯了。至于我,因为生在京城附近,就觉得京戏也颇有意思。当然,表演的人要是名角。我最初到京城是20年代,看梅兰芳演《红线盗盒》,他还很年轻。其后住京城多年,名角表演看了不少。京剧有行当之分,我比较喜欢丑的念,因为有《史记·滑稽列传》的风味;旦的做,因为确是中国旧时代妇女的典型化;老生的唱,因为有些唱腔有苍凉意,使人想到人生,想到天道。

老生的老一辈,谭鑫培、刘鸿声等,余生也晚,没有赶上。小一辈,马连良、谭富英等,当时都是初出茅庐,看也不以为意。中一辈,余叔岩、言菊朋等,都熟悉,只是余叔岩,这位后来高升为余派祖师的人，却一次也没有看过。主要原因是，他身体不好，早已洗手不干了。俗话说："鱼是跑了的大。"因为看不到，对于他反而特别感兴趣，也因而关于他的道听途说，现在还记得一些。

他是名老生余三胜的孙子，说轻些是将门出虎子，说重些是后来居上。他学谭鑫培，有继承有发展，发展是加上清润和宛转，这是识时务者为俊杰，于是附庸蔚为大国。成名之后，颇有傲气。但思路还是传统的，所以自己是"唱戏的"（旧时称呼）却看不起唱戏的。据住在宣（武门）南他家附近的一个朋友说，他有个女儿，成年了，有人来提亲，他一定先说："如果是咱们梨园行，就不必提了。"有一次他演《打棍出箱》，念"我的妻"的时候眼往包厢那里望，出神入化，事后记者问他是不是他夫人在那里，他答："我演戏从来不许家里人看，因为这是伺候人，他们是我养着的，不能看。"据说他通音韵学，是某专家教他的，可是他向来不谈这些，因为他认为，他是唱戏的，不应该高谈学问。

他不只有狷介的一面，还有宽厚的一面。据说他有个文墨朋友，有机会到美国去，可是没有路费，他为此给某唱片公司唱了一段《搜孤救孤》，把报酬一千元全部送给这位朋友。也就是本此精神，他对于演救灾的义务戏很热心，记得有两次，一次演《盗宗卷》，一次演《打棍出箱》。票非常贵，而且有黑市，我当然没有力量去欣赏。还有两次，是演为朋友凑热闹的祝寿戏。一次在隆福寺街福全馆，戏目是《空城计》，角色的安排故意阴错阳差，由张伯驹扮诸葛亮，杨小楼扮马谡，余叔岩扮王平。这次戏哄动九城，第二天，当时的盛况是，台下人山人海，都看王平，不看诸葛亮。另一次是在什刹海会贤堂，因为未能保密，头一两天就流传，某日下午将演《打渔杀家》，余叔岩扮萧恩，梅兰芳扮桂英，叶盛章扮教师爷。于是许多无亲无故的戏迷们急中生智，抢先于午前就持礼入贺。不速之客源源而来，因而迟到一步的人们只能在大门外拥挤。人越聚越多，成为俗文学惯用的"水泄不通"。据说此时梅兰芳的汽车来了，司机机警，见情势不好，转回逃去。余叔岩可能早得消息，没有来。一场三绝戏就这样夭折了。

喜欢听余腔的人还有两条路，一是买唱片，二是买票，看余派传人。说起传人，学他的人当然不少，我印象深的有两位，一女一男：女是孟小冬，男是杨宝森。孟小冬，民初京剧界的名人。名高的来由，唱得不坏是一，女唱男是二，三当然最重要，是不但是女，而且漂亮。她曾经是梅兰芳的如夫人，后来分道扬镳。再后拜余叔岩为师，据说只学了十出戏，以后演出就限定十出之内，不演其他，可见能够尊师重道。十出之中有《击鼓骂曹》，我看过，确是好，现在还记得"手中缺少杀人的刀"的唱法，巧而韵味厚，在当时也可称广陵散。但不知为什么，后来退隐了，许多年，不只剧场不再有她的足迹，连消息也杳然。

另一传人是杨宝森，晚景很惨淡。据说余叔岩教他，有条件，是不能给别人挎刀。也有人说他只是余叔岩的私淑弟子，尊余，亦步亦趋，所以列入余派。是50年代中期，有一天，朱文叔先生同我说，杨宝森在前门外西珠市口开明戏院（后改为民主剧场）演戏，地道谭派，味道雅而厚，不可不看。我不辜负朱先生的好意，买了票。是下午一场，演双出：《当铜卖马》和《洪洋洞》。谭派正宗戏，用十分力气演。可是为"天"所限，很不如意。这"天"包括两层意思。一是天时，其时比较年轻的人已经趋向芭蕾舞和音乐会，对京剧不感兴趣。另一是"天资"，比如马连良，用谭派的标准衡量，功力不深，可是有"精气神"，因而就有人缘；杨宝森缺的正是这个，所以不能叫座。这个戏院不大，坐位不很多，可是看客稀稀落落，楼上全空，楼下充其量不超过一半。最杀风景的是前几排里有两排外国人，正是铜已当、马将卖的时候，一齐起立，列着队退场了。对于这种情况，捧余派的人都会难过，何况表演者，正在为英雄末路的秦琼声泪俱下呢。这之后，像是不很久，听说他就下世了。

传人零落，想听余的唱腔就只剩下十几张唱片。这，我本来都有，"文化大革命"期间，家里考虑，这不是样板戏，存着，有反对样板戏之嫌，赶紧找出来送往废品站。语云，多一事不如少一事，这样清了，结果就轻了，也可说是一得吧？

东安市场

30年代初期，我一度住在北京大学第三院，地址在东安门北河沿路西。一个拱形大门，上有楼，是著名的"北京大学学生储蓄银行"所在地。银行很小，因为行长是马寅初，所以名气却大。入门笔直一条路，路北是球场，路南是"口"字形的二层楼，用作学生宿舍。门外是一条南北向的小河，沿河北行，过骑河楼东口，再北行，到东西向的一条大街，正名是汉花园，通称沙滩，路北就是有名的红楼，北京大学第一院，即文学院。出第三院门南行，不远，也是一条东西向的大街。西望，不很远，是紫禁城的东华门。东行，相当近，出东安门（其时门和皇城都已拆去），是东安门大街，两旁都是商店。东口外是南北向的一条大街，往北名八面槽，往南就是一直负盛名的王府井大街。王府井大街南口外是东交民巷，使馆区，外国阔人多，所以这一带有不少洋味的商店。我们穷学生对洋味不感兴趣，或说不"敢"兴趣，可是常到这一带来，是因为这里有东安市场。

东安市场在王府井大街靠北头路东，南北一个长条。有三个门，接近北头坐东向西是正门；北头向北、南头向西，各有一个门，是旁门。据说这里在清朝是箭场，旗下子弟练习弓箭之所，后来推位让国，不射箭了，空地无用，于是由商贩摆摊发展为市场。因为是自由发展的，所以格局不严整；又因为物以类聚，所以又像是略有规划。主干是进北门南行的一条街，上有棚顶，售百货的商店集中于此。主干东面的一条，北头是吉祥戏院，往南是大大小小一些饭馆，最南是南花园，空场，露天，最简陋，有杂耍，卖小吃，都是随时聚散的。主干西面的一条（严格说是半条），也就是进西门往南拐，先是一个小方块，名畅观楼，再南行，一条街，名丹桂商场，都是靠边是店，中间是摊，上有棚顶，商业清一色，卖旧书。

对于我们穷学生，东安市场能够解决衣、食、用三方面的问题。用，因为百货俱全，自然买什么有什么，唯一的限制是不能一文不名。优点是钱少也可以，比如说衣吧，当时人人必穿的蓝布长衫，先试后买，不过一元钱多一点一件。应该着重说的是食。食有两种，一为肠胃食粮，另一为精神食粮。肠胃是根本，却很容易满足，譬如说，东来顺的羊肉饺很好，十个不过四分钱，吃二十，八分，加一碗粥，一分，给一角，说明不必找钱，还可以听到全店齐声的"谢"。精神食粮，依古训是"行有余力"的事，我们却视为很重要，或说很感兴趣。因为很感兴趣，所以文题是东安市场，却不得不缩小范围，多说丹桂商场。

连带毕业之后，同丹桂商场打交道，前后超过二十年。印象自然很深，可是要描述，却感到千头万绪，无从说起；又因为年老善忘，有些印象模模胡胡，说也难免似是而非。不得已，还是由兴趣方面下笔。兴趣之一是熟，不只店熟，摊熟，人熟，甚至某类书会出现在什么处所，也能估计个八九不离十。现在宣扬文明礼貌，好旅店、好公共车有旅客之家、乘客之家的美名，那时的丹桂商场，确是可以援例称为书客之家。兴趣之二是书丰富，而且常常会遇见意想不到的。那时候，旧书的来路很多，在进货方面，书商是八仙过海，各显其能，因而，譬如说一星期去一次，总会看到不少新的旧货。回想当年游丹桂商场，真有如沿着河岸钓鱼，不知道什么时候就会拽出一条大的来。这情况也可以用游山玩水的话来形容，是如行山阴道上，应接不暇。兴趣之三是常常不空手而回。有时一本，有时两三本，装在书包里，带回家，放在桌上，看着高兴，翻开读读，有所得，更加高兴。

二十年，记不清出入多少次，也记不清买了多少种。但是说来可怜，其中大部分，"文化大革命"中装入麻袋，运往造纸厂了。我没有鲁迅先生那样的雅兴，把购书账写在日记之后，现在是想知道曾经买到什么书也做不到了。但确切记得的也还有一些，为了引为谈助，无妨把自己偏爱的略举一二。一种是重刊青柯亭本《聊斋志异》，十六册，木版两函，乾隆乙巳（五十年，1785）所刻，连布套的蓝布都是当时的，纱粗布厚，使人发思古之幽情。其实，青柯亭原刊本在彼时也并不难得，价不过十元左右。只是我买的这重刊本，价才五角。又，因为并非善本，不为人所重，反而并不多见，孙楷第先生一次到我这里来，我拿给他看，他说还是第一次见。又一种是辜鸿铭所著英文本《春秋大义》。辜氏英文写得好，思想怪，不少外国人崇拜他，重价搜罗他的著作。我出于好奇之心，也想搜罗他的著作。多年来买到几种，只有这一种较名贵，因为有他的双料签名。书是赠给一位名"孙再"的人，翻开封面，左右两页，左边用中文写，右边用英文写。中文三行，右是"孙再君存"，中是"读易老人"，左是"癸亥年立夏后一日"，总共十六个字，有意思的是竟写错了三个："易"中间多了一横，"癸"开头多了一撇，"亥"少了最后一撇，成为"玄"字。癸亥为民国十二年（1923），是他逝世之前七年，也可见是如何颓唐了。又一种是C. Jarvis英译本《堂吉诃德》，美国印，有插图一千幅，为法国名画家T. Johannot所画。我国由明代以来，刻俗文学书有所谓绣像，不知为什么，总是画得不像真的，更大的缺点是面貌千篇一律，略具形体而毫无个性。这本《堂吉诃德》就不然，正如曹雪芹笔下的人物，个个有血有肉。《桑丘·潘沙和驴》一幅尤其妙，整页，桑丘·潘沙两臂伏在驴背上，人和驴都作憨态，可是人的目光中却露出务实的机智。这部书是我多年爱读的，对照插图，感受就更深了。还有两种，可以合在一起说，因为都是一种连续买了两本，以其一送给也好聚书的友人。一种是梁令娴钞《艺蘅馆词选》，光绪三十四年（1908）印，精装，皮脊烫金，很美。另一种是鲁迅先生原印《死魂灵一百图》，画得至上，印得至上。《死魂灵》是世界讽刺文学作品的上乘，对照这样的插图看，那就真是红花有绿叶扶持了。

到50年代，丹桂商场趋向冷落。其后，东安市场改建，成为东

244

风市场，原来的熟书店、书摊，如中原、五洲、环球、华鑫、华盛、大众等都不见了。场由分部化为统一。变动相当大，这包括：简陋变为堂皇，阴暗变为敞亮，不整齐变为有条理。我有时从门前过，进去看看，经常是人山人海，多数柜台前三层两层人围着，年轻的买穿戴，更年轻的买玩具，等等。我也买过一次东西，是腰带，牛皮的，坚韧，很合意。高兴之余，想到昔时，辨认，原来就是当年买得木版《聊斋志异》的地方。

由旧书想起的

不久前，为找什么材料，翻腾书橱，随手拿出两本，检阅扉页，看看有没有关于买时的记录，这是"无意地"想温一温旧事。两本都是鲁迅先生著作。一本是《彷徨》，扉页有题记，是："1939年4月24日买于北京西单商场，价四角。昔在通州有此书，乃李文珍女士所赠，记得为初版，此则为第十三版。李女士为同学赵君之友，情投而未能意合，书则1937年毁于战火。抚今思昔，为之惘然。"书是旧书，有"虚真藏书"白文印。另一本有些怪，内容是《南腔北调集》，封面和书脊却印《故事新编》，没有版权页，我想这是为了逃避查禁者的"慧"眼，伪装为《故事新编》的。这个妙计是鲁迅先生还是书店老板想出来的？由书上自然看不出来。书也是旧的，扉页有原主人胡君的名章。我没有题记，什么时候从何处买到是难于知道了。

说起旧书，真是酸甜苦辣，一言难尽。一位老前辈，是名作家，有一次问我说，他杂览，是因为他不吸烟，闲坐无聊，只好用看书来消遣。我同另外两三个朋友喜欢逛书铺，逛书摊，买点旧书，也可以用吸烟来解释，是求书成瘾，很像吸惯纸烟之难于戒除。买旧书要费些时间，粗略估计，是一周用半天左右。也要费些钱，但不多，因为不求好版本，不求大部头的堂皇典册。买旧书，因书而得有两种。一是因杂收而可以杂览，因杂览而可以杂知。二，我们常常认为更重要，是因巧遇而获得意外的喜悦。所谓巧遇是买到久已不见于市面的书，因为难得，所以觉得好玩。在这方面，可记的经历很有一些，只举两个例，如友人韩君买到鲁迅弟兄在日本印的《或外小说集》(封面"域"作"或")，我买到光绪三十五年《时宪书》(光绪只有三十四年)，就都是因为罕见而觉得很有意思。

一晃四十年过去，当年零碎收集的旧书，有些由废品站送往造纸厂，有些化为灰烬，还有些残余卧在书橱里。"文化大革命"风停雨霁之后，像是可以重温旧梦了，但苦于不再有温的条件。主要是已经没有往日猎奇的心情和精力；其次，即使有，也不再能找到弯弓放矢的场所。因而关于旧书，剩下的只是一些零零星星的记忆。这正是琐话的题材，所以决定拉杂地说一说。

旧时代，出版业不发达，有名的几家集中上海，印书种类不多，数量不多，售书的处所，尤其在北京，总是由旧书独霸。北京，文化空气比较浓，读书人比较多，因而售书的处所比较多，几乎遍布九城。这方面的情况，孙殿起的《琉璃厂小志》有详细记录，有兴趣卧游的人可以看看。售书的处所，有等级之分，从而有性质之别。等级高的集中两地：一是琉璃厂，二是隆福寺，主要售线装书，其中偶尔有价值连城的善本。中级的也集中两地：一是东安市场，二是西单商场，所售书杂，古今中外。其中又有等级之别：等级高的铺面大，所售之书偏于专，如专售外文；等级低些的铺面较小，所售之书较杂；更低的没有铺面只摆摊，所售之书也杂，因为买来什么卖什么，所以不能不古今中外。这中级的还有不集中的，那是散布在某些街道的小书铺，如鼓楼之东的"得利复兴"，之南的"志诚书局"就是。下级的是散布在各热闹处所的书摊，自然也是买到什么卖什么，古今中外。这又有种类之别：一种是长期的，如地安门外大街、安定门内大街的许多书摊就是；另一种是间断的，如护国寺和隆福寺等庙会，只有会期有，什刹海荷花市场，只有夏季有。此外还有级外的，是德胜门、宣武门几处小市，鼓担和住户卖旧货，间或也有旧书。这种处所，旧书的出现更富于机遇性，有时候会出现大量的，甚至有善本。

旧书上市量的多少，价的高低，与治乱有密切关系。量多少与治乱成反比，治少乱多，因为治则买者多而卖者少，乱则买者少而卖者多。价高低与治乱成正比，治高乱低，原因与多少一样，治则大家抢着收，乱则大家抢着扔。抢着扔的情景，记得最惊心动魄的有两次。一次是七七事变之后，以德胜门小市为例，连续多少个早晨，旧书总是堆成几个小丘，记得鼓担的收价是六七分一斤，售价是一角一斤。可是买主还是很少，只好辗转送往造纸厂了。另一次是"文化大革命"风暴初起之时，小市的情况如何，因为没有余裕去看，不得而知；且说自己，匆忙点检，把推想可能引起麻烦的中西文书籍百余种清出来，由孩子用自行车推往废品站，回来说，废品站人说不收，愿意扔可以扔在那里，就高兴地扔了。我当时也松了一口气。及至风暴过去，才想到其中有些，扔了实在可惜，想买就再也遇不到了。这使我想到古人"人弃我取"的策略，道理自然不错，但那究竟是局外人的风凉话，至于被迫处于局内，那就是另一回事了。

还是转回来说平时，旧书价的高低，与售书处所等级的高下成正比，因而一种同样的书，比如说，由东安市场买要两角，由街头书摊买也许只要一角，由级外的小市买也许只要五分。搜寻旧书，更喜欢多逛街头书摊和小市，原因之一就是图省钱。但还有原因之二，也许更重要，是可以买到中级以上书商看不起的不见经传之书。中级以上书商收书有个框框，这框框一部分来自师傅所传，一部分来自书架上所常见，总之要是他知道的。街头书摊和小市则不然，以小利速销为原则，所以总是遇书不拒，因而它就有个大优点，是因杂而博。譬如鲁迅弟兄早年译著，《侠女奴》《玉虫缘》《红星佚史》《匈奴奇士录》等，清末刻本富察敦崇著记八国联军入北京的《都门纪变三十首绝句》，以及嘉庆八年无名氏稿本记嘉庆皇帝一年活动的《癸亥日记》，等等，我都是从这类地方买来的。

这样说，好像下级的售书处所只能买到破烂，其实不然。自然，这要看机会，如果碰到机会，买到见经传的书也并非不可能。机会是难得的，但日久天长它就会成为必然。比如我现在还喜欢的书，明版绿君亭（汲古阁）刻《苏米志林》，乾隆十二年（1747）初刻沈德潜著《杜诗偶评》，就是由小市地摊上买到的。

50年代以后，等级较低的售旧书处所逐渐消失。"文化大革命"以后，旧书稀如星凤，其中的线装刻本成为和璧秦玺，出售处所只剩中国书店一家。有一天，一位喜欢逛书店的朋友谈起琉璃厂的情况，举一些例说明货之少和价之高，只记得劣拓粗裱的《郑文公上下碑》，定价超过千元。这使我想起当年由小市地摊买到乾嘉精拓当时裱本《始平公造像记》的情况，其价只是一角，不免兴起对于"旧游"的回忆。

砚田肥瘠

　　旧时代读书人四体不勤，五谷不分，几乎都是手不沾锄犁的人物。可是脑子里又藏有一些所谓清高的幻想，经史之余，还要歌颂诸葛亮的躬耕南阳，陶渊明的将有事于西畴。事实与幻想合不拢，有多种办法调停，其中之一是以砚为田，用笔耕之。这方面还出了有名的人，那是清朝金农，扬州八怪之一，自署"百二砚田富翁"；有名的书，崔致远的《桂苑笔耕集》。以砚为田，田有肥瘠；以笔为农具，农具有利钝。两者之中，似乎砚田的花样更多，所以这里只谈砚，不谈笔。

　　砚，用于磨墨，似乎只要能磨墨，就都算合用。其实不然。砚是文具，高雅称呼是文房四宝之一；如果旧而不新，等级又要大大提高，成为"文物"。为了全面了解，先谈文物的砚。讲究砚的人有不同类型。文物专家是少数。读书人常常要写，写有不同的目的，如顾亭林，是著述，如傅青主，是传法书，等而下之，如作八股，写信，以至于练字，都愿意砚合意，是多数。求砚合意，怎么样才能合意？这里面有的虽然不是什么大学问，却也相当复杂。可以自下而上分为几级。

一是砚质好。这从要求或效果方面说很简单，不过是磨墨快而细。快要砚不滑，细要砚不粗。不滑和不粗有矛盾，如锉，不滑，玻璃，不粗，可是都不能用。好的砚质要恰好能够调和矛盾，就是要细而不滑，涩而不粗，用旧的术语说是"润"，"发墨"。我住北京半个世纪以上，喜欢看砚、试砚，获得一点点经验，是，就我所能见到的说，以产于广东高要县的端石为第一。历史记载，南唐后主用的是龙尾砚，那是歙石，产于江西婺源县，文徵明得的南唐贡砚想来也是这一种。历史，过去了，难于比较，就现在还能见到、还能比较的说，我一直认为，最好的端石总是超过最好的歙石。端石的结构，几年前曾见一篇地质学家调查、分析的文章，说是属于一种什么岩，所以宜于磨墨。这我不懂，我用一般人的话解释，是外柔而内刚，或说极细的沙粒里藏着尖利的小东西。论砚质，这"内刚"更为重要，因为外柔易知而内刚不易知。有多种砚石，可举为代表的如与歙石一山之隔的玉山石，面貌颇像歙石，用手摸，也细得很，可是缺点是内部也柔，因而不发墨，不好用。其他石以外的砚材，陶（包括汉砖、汉瓦等）、瓷、玉、铁等更是自郐以下了。澄泥的质也属于陶，因为制法精，还可用，不过比起端歙来，总是下一等了。

讲端石的质，有产地（通名"坑"）的分别，比如最出名的是老坑大西洞，其次有宋坑、麻子坑等等。讲坑，要以石的形色、花样为证。如大西洞是紫中含青，上有青花、火捺、鱼脑、蕉白、冰纹等花样，朝天岩石上多绿斑，古塔岩石如被火烧过，等等。又，同是一洞之石，花样不分上下，仍有平常和上好的分别，这有如同是贤人，能力终归不能等同。还是就上好端石说，蕉白多的比鱼脑多的更发墨，康熙坑的（清初）比乾隆坑的更发墨。这一类的评定，我的经验，靠眼不如靠手，就是最好用手指试磨，体会一下，是不是外柔内刚；如果是，那就是石质好。自然，用手鉴定也要多经验，非一朝一夕之功。

二是形式好。这包括尺寸、形状和做工。尺寸要求简单，只是不宜于过小，过于单薄。形状呢，方方正正当然好，不方方正正的要以人力补天然，比如细长的可以雕成瓜形。做工有粗有细，有巧有拙，这难得具体说，概括要求是美而雅。

三是年代久的好。这个原则最容易付诸实行，是宋比明好，明比清好。根据是玩古董心理，物以稀为贵。难的是确定年代。看石质、形状、做工是根据的一面，这当然也离不开经验。更有力的根据是上面的铭题，如果有的话。但铭题可以伪造，这就牵涉到鉴定问题，很复杂，这里只得从略。

四是有名人手泽的好。比如是米元章的、文天祥的，或者名闺秀叶小鸾的、顾太清的，那就比无款的名贵多了。但是，正如某前辈告诉我的，只有不值钱的才没有假的，旧时代市上流传的古砚，不是苏东坡就是赵子昂，甚至虞世南、李太白，可以推断十之十是假的。但是也得承认，沧海一粟，尤其时代靠后，真的可能总是有的，这就需要披沙拣金。拣金，要有眼力，眼力从多经验来，其中的微妙自然难于具体说。

以上说的主要是"玩"砚。其实，对多数人说，应该多注意的是"用"砚。这扣紧本篇的题目说，是既然要用砚田耕，就应该设法选一块肥的。选肥的难不难？也难也不难。要求只是"还可以"就不难。不满足于还可以，要求"真好用"，如通常形容的，用它磨墨，手有持黄蜡在温锅中转动的感觉，转不多时候，墨浓了，而且细润好用，那就不容易。所以要"选"。选，成功与否，一靠眼力，二靠机会。眼力是铁杵磨成针，功到自然成。机会就不能靠主观能动性。比如我有个老友，并不好动，一次去买衣服，过文物店，忽而灵机一动，问问有没有好砚。拿出一方，竟是十砚斋黄莘田的，当然万分高兴，于是用买衣服的钱买了。给我看，纯洁润泽如澄泥，是既好看又好用。

机会，非人力所能左右，只好不靠它，还是靠人力选。这由要求方面说可以分为两类：一是兼顾实用和欣赏，另一是只管实用，不管欣赏。先说前者，我的经验是不要过于高攀。这也可以分作两项说。一是不要贪大名，上面说过，名大而真的稀如星凤，反而不如名小而真，价不过高，玩玩也颇有意思。也举个实例，一位同事祖传一些文物，"文革"风暴之余，剩有砚两方，一方大，背后有乾隆皇帝铭，一方小，有不知名的人的铭，拿给我看，说他们觉得前者很珍贵，后者不算什么。我看看，那个大的石质很坏，铭很假，小的确是康熙坑，石质很好，追大名的常常这样错。二是不要贪华贵，因为华贵的总是价高，却未必好用。总之，要以石质好、合用为第一，其次才是时不太近，款不假。

　　再说只要求实用的。选，要以"文革"为界分为两个阶段，之前主要是由旧中选，之后就几乎只能由新中选。逝者如斯，不必追着慨叹，只说由新中选。总的原则仍是石质第一，就是，既是田就要能耕。有个同事张君不明此理，买一方金星歙砚给我看，说是他藏砚中的第一名。我摸了摸，说外表不坏，只是中看不中吃，因为内不刚而外不柔，拒墨。他试了试，果然刺啦刺啦响，不发墨。这就是砚田而不能耕。由新中选合用的，还要照顾财力的大小。财力大，可以从宋坑，甚至老坑中选，这比较容易。这里还是多为寒士着想，我的经验，无妨从出于下脚料的廉价品中选，只要体不小，有砚池，发墨，就可用。近些年来，出于朝天、古塔等岩，长方形，有池，价廉的砚不少。不过不是都润泽可用，所以要选。多中选少，如果机会巧，也会遇见很合用的。是今年春天，历史博物馆处理朝天岩八寸淌池砚，我选了几方，准备送给想买而不识货的朋友，其中一方，颜色不偏于暗绿而偏于浅绛，很润，与明朝后期的相比，可以说具体而微。这是贱价的良田，宜于笔耕，我留下自用，为的是谈论砚田的时候，说明其肥瘠与价的高低可能一致，但常常不一致，舍瘠取肥，不可一味地信奉拜金主义。

信而好古之类

　　这篇琐话想谈"迷"，并想这样标题。继而想，中国一句老话说："无癖不可以为人。"又清朝词人项莲生说："不为无益之事，何以遣有涯之生。"可见迷也是可然之事，因为是当局者，不得不如此。不过依常识，迷与明智相反，多少总会使人联想到胡涂。为了避免误解，也为了化概括为具体，决定换个说法，是信而好古。但要断章取义，重点是说明，有的人好古太过，以致轻信。

　　只谈经常想到的两件：一件是迷古书画，一件是迷曹雪芹。迷古书画的只说一位，我的故友李佐陶。他比我年轻，好古的经历却老得多。他是京东丰润人，祖先是富户；他上中国大学学中文：这都给他的好古积累了资本。他同我说，逛琉璃厂，试买书画等旧物，是从十几岁开始的。日久天长，收集些旧物，积累些经验，好的程度随着大量增加。时代近，名头小，不能满足，于是梦想宋元，甚至唐宋。为了培养识别力，他熟读《宣和书画谱》《式古堂书画汇考》一类书，以期顺着藤能够摸着瓜。

　　40年代前后，他也住在北京北城，一个偶然的机会，我同他认识了。间或到他家去串门，看看新收的书画、碑帖、砚之类。他父亲还健在，也好古，更好客。人都敦厚，健谈。对坐，喝清茶，看看旧物，谈谈见闻，很合得来。他收集的东西不少，也常常出让，换他认为更好的。东西多，难免鱼龙混杂。大致说，好坏与时代远近成反比，就是说，时代近的，比如清朝中晚期，真而好的不少；时代远的，比如元及明朝前期，真而好的就稀如星凤了。可惜的是，时间越靠后他越不相信这个规律，总以为他有眼力，世俗的多疑是病态，只要碰见机会，得到古而真的并不难。就这样，他同古董商人打交道，常常用明朝中晚期及以后的小件换大件，这在古董行还有个名堂，叫作鸟枪换大炮。所谓大炮，是张幅大的大名头，如他存的南朝陆探微的罗汉图、唐杨升的奇峰图、边鸾的孔雀图，宋董源的夏山图、范宽的关山图、米芾的行书卷，元赵孟頫的木瓜帖、倪瓒的竹亭图等都是。对于这些，我是世俗眼光，总觉得不可能真。

这其间，有一件事，经过可以证明我的怀疑主义是对的。这是一幅署名马远的画。买的时候他住在后海北岸，出门向西不远就是德胜门小市。一天早晨，他父亲逛小市回来，说鼓担上有一幅旧画，很大，问他去不去看看。他去了，一看就断定是马远，买了。回家用开水浇去油污，下面露出两个楷书小字，果然是马远。送到琉璃厂装裱，古董商出高价想买，他舍不得。这画他一直保存着，我看过几次，一位高士在树下品茶，山，树，地道马远风格，也相信真是马远。到50年代，他生计紧一些，有时不得不拿出一两件"大炮"出让，据说是某艺术院校买，当绘画样本，价钱当然不能高，总之是大都赔了本。有一次，拿出这马远重炮试试，买主不敢定真假，拿给鉴定名家张葱玉（珩）看，说是明朝人仿的，于是这重炮也成为空炮。不过我这位朋友很坚强，他始终不疑惑自己的眼力。可惜的是，后来他得了严重的心脏病，为治病，不能不用大炮换小药片，而物之价，说到根柢，总得由买主定。就这样，他的信而好古就以贱价散出告终。是1969年冬天，他病更重，下世了，据说最好的一张马远也早让出去了。

再说迷曹雪芹。曹雪芹，留下人人惊叹的大著作《红楼梦》，可是留下个人的事迹太少，使人人感到遗憾。为了弥补遗憾，要"考"。在这方面，从"五四"时期起，不少的人做了不少的工作，应该说有不少的成绩。可是其间也掺杂一股邪风，不是考，而是"造"。由故居、画像一直到书箱，其中真是龟毛兔角，无奇不有。如果披沙拣金，竟有一点点真的，那就成为马嵬坡的杨妃袜，展出卖票，当然很好。遗憾的是，都迷离恍惚，拿不出确凿证据来。而且不只此也，至少是有些人，乃是有反面的证据也视而不见，闭着眼大喊：真的，真的，真的。这种以幻想充当事实的做法，可以举吴恩裕为代表。比如"爱此一拳石"的诗，分明是清末富竹泉作的，见于手稿本《考槃室诗草》（吴晓铃藏），他却相信；所谓曹雪芹故居，壁上诗的大部分出于《西湖二集》，他却相信；甚至从哪里传来一张雕像的照片，他也相信这必是曹雪芹。我常常想，我们钦佩曹雪芹，怀念曹雪芹，如果能够因考而找到他的一点遗物，看看，发思古之幽情，当然大有意思；可是找到的杨妃袜实际是那个店婆子所穿，也展出卖票，这有什么意思呢？吴恩裕已经作古，盖棺论定，自有明眼人细心去做，这类使人扫兴的话本来可以不说。我有时忍不住要说说，是希望有兴趣治红学的人都不要因过于好古而轻信。当然，最好更进一步，把已经弄假成真的那些的假面揭掉，尚未弄假成真的那些不要再付以假面，以期不至让稍有考证知识的人（包括外国人）齿冷。

但这也很不容易，因为，至少是某一时期对某一件事，说真，心里舒服，说假，感情受不了。最典型的例是曹雪芹两句残诗的补充本的真假一案。"白傅诗灵应喜甚，定教蛮素鬼排场"，有文献可征，是真的，没人疑惑。1970年忽然出现了全本："唾壶崩剥慨当慷，月获江枫满画堂。红粉真堪传栩栩，渌樽那靳感茫茫。西轩鼓板心犹壮，北浦琵琶韵未荒。白傅诗灵应喜甚，定教蛮素鬼排场。"于是信而好古的人士大喜，不考全本的来由就高喊必是真的。可是人间事物不能没有来由，并且有好事的人愿意考来由，一考，据说是周汝昌先生试补的。喊真的信而好古的人士不服，其后自然是一场笔战，情况可以从略。有一次，我见到周汝昌先生，问他，他说是他补的，而且补的不是一首，是三首，并把三首都抄给我。我相信他的话，并觉得第二首第三联写得不坏，是："灯船遗曲怜商女，暮雨微词托楚襄。"可是听说，笔战一直没有结束，信而好古之士所举理由之一是，看风格就可知必出于曹雪芹。我觉得这个理由的力量很可疑，比如"永忆江湖归白发，欲回天地入扁舟"，看风格必出于老杜，不会有人怀疑吧，可是事实是它并不出于老杜而是出于李商隐。

闲话至此，一想不妙，因为本来是想客观主义，闲扯扯世间有因好古而轻信的现象，也算得一奇，不意说着说着动了肝火，大有斥责信而好古的人士之势。如果真就这样了，我谨在这里向那些位因我的琐话而感到不快的生者和死者表示歉意。

民国初年，来北京的外国人有个口头禅："到北京可以不看三大殿，不可不看辜鸿铭。"辜氏民十九（1930）作了古，二三十年之后，洋兴趣由人转到物，口头禅变为："到北京不可不吃三烤。"所谓三烤是烤鸭、烤肉加烤白薯。三烤之中，对于烤肉我有较深的印象，又当时所见，现在不能再见，所以想只谈这一烤。

标题，烤肉前加"早期的"，是因为那时候的烤法与现在大不相同，总括言之是：那时候是立而自烤，现在是坐享其成。立而自烤有野意，甚至可以说有诗意；坐享其成就不成，而是变旷野为华堂，烤肉由独霸而降为菜肴的一种，野意没有了，诗意就更谈不到了。

我第一次吃烤肉是30年代初。其时全北京只有两家：一家资格最老，在宣武门内路东安儿胡同西口外，名"烤肉宛"；一家较年轻，在鼓楼前以西一溜河沿路南，什刹海东北岸上，名"烤肉季"。两家的规程一样，都是回民所经营，只卖烤牛肉（当时习惯，烤用牛肉，涮用羊肉）一种，兼卖白酒和小米豆粥，算作烤肉的辅助品，主食烧饼自己不做，由附近烧饼铺供应。

当时的北京，商业充满封建气息，买东西讲究到老字号。食物也是这样，有大大小小的名品，住北京时间长了，总要一家挨一家地尝一尝。忘记同谁结伴了，是夏天，往烤肉宛去尝烤牛肉。铺面非常简陋，只是一大间屋子。靠南是烤肉的地方，并排两个烤肉支子，形状很像磨坊的磨，一个圆平台（餐厅圆桌那样大小），中间一个一尺多高的铁圈，上面扣着中间略为凸起的铁支子。铁支子由并排的宽三四分的铁片组成，两片之间有缝，因为常用，已经被牛肉的油汁塞满。圆平台四面放四条粗糙的板凳，是顾客的"站"位。靠北是一个桌子，上面放着碗、筷子、碎葱、碎香菜、麻酱、酱油等用具和调料；还有一个切牛肉的案子，上面放着牛肉、刀、碟子等。切肉的是个五十上下的大汉，想来就是铺主宛某了。他相当胖，浑身只穿一条单裤，最高处在肚脐以下一寸许。这位铺主非常精干，除了一个十几岁的男孩子帮着送肉和调料以外，一切都是自己干，包括安置顾客和算账。肉，据说是起早到肉市精选来的，切得也好，薄而匀。

　　且说我们这次去，一进门，铺主就指示小伙计："两位，让到那里。"接着，小伙计问吃多少，立刻就把肉和调料送来。我们照北京人的习惯，右脚着地，左脚抬起踏在板凳上，然后用长竹筷子夹蘸过调料的肉片，放在支子上烤。支子下烧的是某种松木，烟很少，略有香气。支子很热，肉片放在上面，立刻发出咝咝的声音。翻腾几下，可以吃了，于是一口白干一口肉，很有塞外住蒙古包的意味了。吃的后半，酒不能再喝，恰好送来烧饼，于是烧饼加烤肉，喝一碗粥，完全饱了。放下碗和筷子，就听见铺主在那边算账：什么什么几吊（铜元十枚称一吊）几，什么什么几吊几，一共多少钱。妙在算账时候，他的刀不停，仍在切。这一次吃得很满意，以后当然不免还想去。每次去，都大有获得，吃得好是其一，更有意思的是欣赏铺主的风度，裸露着大肚子，忙而不乱，真够得上"坦荡荡"了。

30年代晚期起我移住北城，出门向东走，不远是名列燕京一景的银锭桥。此桥是前海和后海的交界，往东是前海的东北角，一条小街，由西向东迤逦向南，名一溜河沿。西口内路南有消闲人的赏心地三处，由西向东排是：烤肉季，小楼杨（卖茶），爆肚张。因为离得近了，所以想吃烤肉，就舍远求近，常到烤肉季去。两家相比，货，像是宛家好一些，但这也许是厚古心理在作祟；人，当然是宛家在上，因为季家已经沾染新风，乖巧谨慎，没有宛家那种坦荡荡的风度。但季家也有优点，是得地利，烤的时候可以面对前海，看看水波荡漾。

一晃二三十年过去，烤肉也有了大变化。顾客多了，一脚在上一脚在下那种自烤的办法行不通了；又，既然是名声在外的佳肴，待客的场面也不能不讲究。于是而改建，而扩大，简陋变为堂皇，单一变为多样，门里门外更热闹了。不久之前，有个朋友约我吃午饭，原想吃砂锅居，因为坐位已满，转往烤肉宛。多年不去了，难免为局面的整饬宽大而惊讶。走入，烤肉支子不见了。坐下，四外看看才知道，卖的主要是各种炒菜。问有烤牛肉没有，说只有烤羊肉，要几盘，过一会可以送来。羊肉就羊肉吧，要了一盘，尝尝，既不热，又没有当年那种焦嫩的香味。勉强吃一些，算账，相当贵。走出来，我半玩笑地同朋友说："牌匾是烤肉宛，实际是既无烤肉又无宛，所谓觚不觚，觚哉觚哉！"

大酒缸

　　不久前，七八月之间，正是北京最热的时候，一个朋友从上海来。时间是下午六时，我当然要招待晚饭。吃饭难的情况我是知道的，为了朋友也有精神准备，就先告诉他碰运气的计划，是直奔王府井大街，从北头起，先进萃华楼，能吃上最好，不能，迤逦南行，碰到哪里是哪里，碰见什么吃什么。他说好。于是照计划办理，先到萃华楼，看了看，站着等坐位的人比坐下边吃边喝的人还多。没办法，执行计划的第二步，迤逦南行。我忽然灵机一动，想起略南行向西，东安门大街西口内路北有个专卖蒸饺的小馆，因为价比一般店贵一倍，食客不多，估计一定可以如愿。向朋友说明此意，他也很高兴。于是前往，没想到入门一看，竟是空空如也。卖完了还是不卖了？问也无用，只好扭过头东行。好容易找到一个，北京所谓大路（中下等）饭馆，挤个坐位。饭菜都很坏，用了上大学时期可以包一个月饭的钱数，总算解决了困难。

　　说起东安门大街，是上学时期往东安市场的必经之路，近年来很少到那里去，连印象都模胡了。即如那个蒸饺馆，是这一次碰钉子时候辨认,才想起当年是个大酒缸,字号为义聚成。

关于大酒缸,除了长住北京,年过花甲,刘伶、阮籍一流人物以外,大概没有人知道了。这是一类商店的通称,有如油盐店、点心铺、绸缎庄之类。但比起油盐店等商业,大酒缸的特点尤其明显。就我见到的许许多多说,都是山西人所经营。有不少是家庭铺,夫妻共同经管,但女的照例不出面。规模都不大,门面一间,后面是住屋。前面这间营业室,左右两排,应该放饭桌的地方,放的是酒缸。缸很大,直径也许将近一公尺吧,上面盖着红漆木盖,周围放着坐凳。缸大多是一排三口,因为高,下部一节埋在地下。两排缸再往里,靠一边是柜台,台上放酒具、酒菜等,另一边是菜板、面板等,总起来是既供饮,又供食。大酒缸的营业,顾名思义,主要是卖酒,陈列几口大缸,我想是意在表示,所卖之酒既多又陈。其实缸都是空的,或多是空的,只能发挥一般饭馆桌子的作用。自然,如果顾客是文人墨客,那就还能体会到诗意,试想,这是坐在酒缸之旁,向里看,柜台上是大小酒具,两千年前,到临邛照顾司马相如,也许情景不过如此吧?自然,这里缺的是当垆的文君,那就设想为黄公酒垆,不是也好吗?

我酒量很小,可是也常常到义聚成去。目的是三种:一是破闷,二是省钱,三是吃简便而实惠的饭。多半是晚饭时候去。入门,掌柜的照例说:"您来啦,请坐。"坐下以后,问喝几个酒(旧秤二两白干称一个,是大酒缸供酒的单位),热不热(热是用圆锥形铜酒具在火上加热），要什么菜。菜都是做好的凉菜，有煮花生仁、辣白菜、五香豆等，自己去挑选，一二分钱一碟。喝酒中间，掌柜的会来问，是不是在这里吃饭，如果吃，是吃饺子还是削面，吃多少，因为只卖这两种。决定吃什么以后，他立刻动手做，材料是准备好了的，总是喝酒兴尽的时候，食物就送上来。做饺子和削面是山西人的拿手活，都做得很好。总之，是费钱有限而可以酒足饭饱。

大酒缸，北京当年遍布九城，我因为离义聚成近，其他地方很少去。唯一的例外是前门外一尺大街路南那一家。那是一位也好逛书店的老朋友发现的，说是饺子特别好。一尺大街在琉璃厂东口外，东通杨梅竹斜街，确是很短。我听说以后，每次往琉璃厂，一定到那一家去吃午饭。饺子果然与众不同，味道清而鲜。

不记得从什么时候起，我很少一个人到外面吃饭，因而同大酒缸的关系就越来越疏远，以至它什么时候绝迹也说不清楚了。大约半年以前，一个年轻人前往杭州，回来说，曾抽暇往绍兴，到咸亨酒店看了看，真是鲁迅先生所写《孔乙己》中的样子，还卖罗汉豆。这使我想到北京的大酒缸，如果还有，能够到那里喝"一个"热酒，吃两碗刀削面，会多么好。

东
来
顺

友人的儿子从哈尔滨来，侍奉他的外祖父来看看北京。依礼，我应该设宴洗尘。老人是回族，又临时下榻在沙滩，地点当然最好是东来顺了，因为东南行，二十分钟可到。他年轻精干，比我这个老北京熟悉新情况，说很挤，恐怕吃不上。我引用"老"新皇历，说开门以前就去，不会有问题。于是照办，结果正如年轻人所预料，门一开，早已挤在门外的大批食客如同冲锋，一拥而入。主宾整整八十岁，我也古稀以上，都有自知之明，连试挤也不敢，只好空腹而返。这使我想起同东来顺的老因缘。

30年代初我住在东华门外北河沿，北京大学第三院的宿舍。出校门南行不远往东拐，穿过东安门大街就是东安市场，东来顺在市场北门内东侧。坐南向北两个门，靠西一个门是正字号，内有楼三层；靠东一个门是平民部，不通楼上。市场里饭馆不少，由高级的森隆饭庄、五芳斋等到小铺俊山馆、饭食摊等，总有一二十处吧，我们穷学生喜欢到东来顺，是因为它有两点可取，一是物美价廉，二是可高可低，此外还可以加上对食客特别和气。

先说和气。紧靠门之内总坐个穿长袍的，据说品级是二掌柜，见门外有人往里走，立刻起立，微笑，略躬身，说："您来啦，往里请！"接着面转向里喊，几位，往里让。不上楼，或上去，二楼，三楼，都任意。跑堂的招待入座，满面堆笑，问吃什么。那时候不时兴看菜谱，要报菜名。选菜时，跑堂的常常参加意见，说怎样配合着吃好一些；有时候还劝说不必要得太多，不够，找补，快。这样和和气气，吃完了，算账，付钱，还要客气一下："您带着哪？"照例要付一些小费，比如两角，跑堂的要高声喊："外赏两毛。"账桌和厨房要随着拉长声喊："谢——"离座走出，那位守门的二掌柜远远就起立，待走到跟前，又是微笑，略躬身，说："晚上见。"（午饭）或"明天见。"（晚饭）

再说物美价廉。东来顺以推车卖馅饼卖粥起家，多年的经验是，稳妥的发财之道是物精美而价不高，以多销取胜。这个传统它一直坚守着。以有名的涮羊肉为例，据说羊都是由口外买来，放在自己的羊场，喂一个月粮食才杀，所以肉质肥而嫩，与一般吃草的羊不同。调料也是自制的，就是开设在市场北门对面的天义顺酱园。原料好，制作精益求精，所以不管高低档，都很好吃。涮羊肉是全市第一，不用说。其他如煨牛肉、爆羊肉、他丝蜜、酥鱼、酱腱子等，以及牛肉饼、羊肉饺子、炸酱面、小米豆粥等普通食品，也是各有特色，保食客满意。价钱都公道。有些低档的也许不赚钱，比如羊肉饺子，质量很好，十个才四分钱，家里自做恐怕未必成吧？

对我们穷学生说，可高可低也是大优点。比如万一来了客人，可以登上二楼或三楼，甚至坐雅座，小单间，要几个菜，喝些酒，酒足饭饱，宾主都尽兴，不过两三块钱。如果只是自己，比如说，衣袋里只剩两角钱，那也可以走进去，吃二十个饺子，喝一碗粥，总共九分钱，大大方方给一角，听一声"谢"，走出，到丹桂商场，选一角钱的旧书一本，高高兴兴地走回学校。

回想住北河沿时期，出入东来顺的次数太多了。其中多半是不登楼，只吃一角钱的羊肉饺子和小米豆粥，以便还有点余力逛丹桂商场，寻旧书。登楼，总是有一两位同学或友人相伴，那就可以尝尝酥鱼和他丝蜜之类。秋冬二季，我一个人的时候，常常喜欢到靠东一个门的平民部。据说东家最初是靠大批卖力气的发荣滋长，所以阔了还想留这个老底，意思是不忘本，用他们的话说是不忘掉穷哥们。这东面一个门，门口没有人迎送，大概是因为穷哥们向来不会客气。入门，南北向一排大长桌，两面是长凳。没有人让，自己找坐位。坐下，伙计问吃什么，饼，面，要说几斤或几两，因为穷哥们要吃准分量。要高档菜也一样端来。有意思的是食客与食客，食客与伙计，都不客气，酒酣耳热，横眉拍案，甚至杂以叫骂声，不禁使人想到燕市的荆轲和高渐离。

半个世纪过去了，东来顺也饱经沧桑。新建了楼，更阔绰了。名气更大，主顾更多。这都很好，只是像我们这样不能冲锋陷阵的人就再也不能看见门口的迎送笑脸，听见平民部的叫骂声，想了想也总是美中不足吧？

尾声

常用的俗语里有"闲话少说"一句，意思是应该用有限的时间和精力办正事。对照此要求，我这闲话真是说得太多了，从头数数题目，已经将及《周易》的卦数，不能不就此结束了。

一件事终了，难免要回顾一下。这要从想写说起。那还是十几年前，70年代初期，长年闷坐斗室的时候，正事不能做，无事又实在寂寞，于是想用旧笔剩墨，写写昔年的见闻。鲁迅先生在《朝花夕拾》的《小引》里说："一个人做到只剩了回忆的时候，生涯大概总要算是无聊了罢，但有时竟会连回忆也没有。"我是幸而还有回忆，还想拿笔，所以应该说还不是十分无聊。可是说起拿笔，在那个年月，杯弓蛇影，终归是多写不如少写，少写不如不写，于是就只是想了想便作罢。一晃十几年过去，风狂雨暴变为风调雨顺，人人，包括我们衰老的一群，有不少正事要做。可是十几年前的愿望并没有死灭。这也是债，能还总以还了为好，于是从今年春天起，用理应闲散的时间，对着南窗以及窗外的长杨和鹊巢，把尚飘荡于心头的一些人和事记下来。这就是上面那六十多篇琐话的由来。

琐话几十篇，有共同的性质，共同的色彩。为什么要这样，开头《小引》里已经略有说明。我想这里还应该补充几句。一个比较重要的是，为什么不写自己认为坏的。人人都知道，旧时代，好的有，坏的更多。坏的，应该厌恶，应该反对。可是说到写，至少就我自己说，就要大费踌躇。一是量太大，写不胜写；二是多为人所熟知，似乎不必再费笔墨；三，可以说是出于一点私心，写那些，难免心情很不安适。以上是从消极方面考虑。还有积极方面的，这要说得玄远一些。人，生生死死，永远处于自然界之中。自然界是冷漠的，甚至冷酷的，所谓"天地不仁"。可惜的是人总有愿望，有情热，不能安于冷酷。胜天之道，就过去说大致不出两种：一是改进物质条件，由构木为巢到空调设备都是。这可以解决很多问题，却不能解决全部问题。所以还要有二，创造艺术的"境"，以人力补天然。一切艺术品，文学作品的诗词、小说、戏剧，美的散文，以及音乐、绘画、雕塑等，凡是其中显现的有些"境"，能够使人满足幽渺而更执着的愿望的，几乎都是物质条件无能为力的。这艺术的境是"造境"，虽然出于造，却有大力，有大用。这大用，低一些说是使人减少精神的纷乱和无着落，高一些说是使人在艺术的境中"净化"（托尔斯泰语），向上，生活更加充沛。古往今来，许多艺术家在如梦如痴地编造，无数的人在如梦如痴地欣赏，原因就是如此。我有时想，现实中的某些点，甚至某些段，也可以近于艺术的境，如果是这样，它就同样可以有大力，有大用。与造境相比，这类现实的境是"选境"。古人写历史，写笔记，我的体会，有的就有意无意地在传选境。我一直相信，选境有选境的独特的用途，它至少应该与丑恶的揭露相辅而行。就是基于这种想法，我选了见闻中的一部分，可以算作境或近于境的，当作话题，其他大量的我认为不值一提的就略去了。当然，我称自己的琐话为选境，恐怕是不适当的高攀；那就算作虽不能之而心向往之也好。

还有次要的也在这里说一下。一种是不以尚健在的人为话题，理由是：一，数目太多，这个门一开，琐话就必致没完没了；二，更重要，是从世故方面考虑，唯恐厚此薄彼，轻重失宜，惹人不愉快。另一种是所谈都是凭记忆，凭印象，而记忆，我的所有只是零零星星，而且很可能张冠李戴，阴错阳差；印象呢，仁者见仁，智者见智，求人人都首肯当然很难。所有这些缺点，我没有弥补之力，所以只能算作姑妄言之。因为是姑妄言之，所以又只能期望有雅量的诸君姑妄听之了。

1984年12月

图书在版编目 (CIP) 数据

负暄琐话 / 张中行著. — 北京：北京十月文艺出版社，2024.1

ISBN 978-7-5302-2274-4

Ⅰ. ①负… Ⅱ. ①张… Ⅲ. ①散文集—中国—当代 Ⅳ. ①I267

中国版本图书馆 CIP 数据核字 (2022) 第 185295 号

负暄琐话
FUXUAN SUOHUA
张中行　著

出　　版　北 京 出 版 集 团
　　　　　北京十月文艺出版社
地　　址　北京北三环中路 6 号
邮　　编　100120
网　　址　www.bph.com.cn
发　　行　新经典发行有限公司
　　　　　电话 010-68423599
经　　销　新华书店
印　　刷　河北鹏润印刷有限公司
版　　次　2024 年 1 月第 1 版
印　　次　2024 年 1 月第 1 次印刷
开　　本　890 毫米 ×1270 毫米　1/32
印　　张　9
字　　数　173 千字
书　　号　ISBN 978-7-5302-2274-4
定　　价　48.00 元
如有印装质量问题，由本社负责调换
质量监督电话　010-58572393